中华魂

ZHONGHUAHUN

百部爱国故事丛书

丹青书壮志　一生傲骨存

——著名画家徐悲鸿

方玉环　编著

吉林人民出版社

图书在版编目（CIP）数据

丹青书壮志　一生傲骨存：著名画家徐悲鸿／方玉
环编著．—长春：吉林人民出版社，2011.3（2021.8重印）
（中华魂·百部爱国故事丛书）
ISBN 978-7-206-07542-1

Ⅰ．①丹… Ⅱ．①方… Ⅲ．①革命故事—中国—当代
Ⅳ．① I247.8

中国版本图书馆 CIP 数据核字 (2011) 第 032602 号

丹青书壮志　一生傲骨存
——著名画家徐悲鸿
DANQING SHU ZHUANGZHI　YISHENG AOGU CUN
　　——ZHUMING HUAJIA XUBEIHONG

编　　著:方玉环
责任编辑:杨兴煜　　　　封面设计:孙浩瀚
制　　作:吉林人民出版社图文设计印务中心
吉林人民出版社出版 发行(长春市人民大街7548号　邮政编码:130022)
印　刷:北京一鑫印务有限责任公司
开　本:787mm×1092mm　　1/16
印　张:8　　　　字　数:64千字
标准书号:ISBN 978-7-206-07542-1
版　次:2011年3月第1版　　印　次:2021年8月第2次印刷
定　价:35.00元

如发现印装质量问题,影响阅读,请与出版社联系调换。

总　序

胡维革

　　《中华魂》是一套故事丛书。它汇集了我国自鸦片战争以来一百七十余年间的96位民族英雄、仁人志士、革命领袖、先进模范人物的生动感人史迹，表现了作为中华民族优秀传统的伟大的爱国主义精神。

　　爱国主义是人们对于"生于斯、长于斯、衣食于斯"的祖国的一种神圣感情，是人们对于自己民族的一种强烈的责任感和使命感，是感召和激励整个中华民族的一面永不褪色的旗帜。在一百多年的中国近现代史上，爱国主义一直激励着中华儿女为祖国的独立、统一、进步和繁荣而英勇奋斗。从"苟利国家生死以，岂因祸福避趋之"的林则徐，到"我自横刀向天笑，去留肝胆两昆仑"的谭嗣同;从"铁肩担道义,妙手著文章"的李大钊,到"红枪白马女政委,碧血染将天地红"的赵一曼;从"县委书记的好榜样"的焦裕禄,到"问鼎长天,扬我国威"的邓稼先……都表现出了强烈的爱国主义精神。正是由于热爱祖国的人们前仆后继地奋斗,国家和民族才得以生存,历经一次次历史危机关头而能转危为安,走向兴盛和富强,从而屹立于世界民族之林。爱国主义是鼓舞中华儿女历经忧患、跨越沧桑、百折不挠、自强不息的伟大力量,它贯穿于中华民族的整个历史,并有力地凝聚着五洲四海的中国人。

爱国主义是一个历史的范畴,在社会发展的不同阶段、不同时期有不同的具体内容。革命时期,需要我们为祖国的独立自主出生入死;建设时期,需要我们为祖国的繁荣富强增砖添瓦。在全国各族人民团结一心建设富强、民主、文明、和谐的社会主义现代化国家的今天,我们要争做一名新时期的爱国者。新时期的爱国者要有强烈的民族自尊心、自豪感。民族自尊心、自豪感是任何时期任何爱国者都必须具备的情感。民族自尊心能增强我们自立向上的恒心,民族自豪感能树立我们建设祖国的信心。要树立"祖国高于一切"的崇高信念,为了祖国和人民的利益不惜抛却个人的利益,甚至不惜牺牲个人的生命。要树立终身学习的理念,拓宽自己的知识面,广泛吸收新知识新技术,完善自身的知识结构,更新学习知识的方法与理念,从思想上、知识上充分武装自己,为祖国的繁荣昌盛贡献力量。

爱国主义思想的继承和发扬,是关系到民族盛衰、国家兴亡的根本问题。一代代人爱国主义思想情操的形成,需要不断地培养。培养爱国主义的一个重要途径是向爱国主义的英雄人物和典范事迹学习。这套丛书的出版，对于人们向英雄和先进人物学习，特别是对于在中小学生中进行爱国主义教育，将可提供一些生动的教材。祝愿此书出版发行成功，为培养"四有"新人作出贡献。

2010 年 11 月 15 日

目　录

徐悲鸿简介

徐悲鸿（1895-1953），现代绘画艺术大师，江苏宜兴人。四岁入塾，从父习画。年甫弱冠，东渡日本，翌年赴法，师事达仰，继入徐梁学院及巴黎国立美术学校，1921 年游学德国，1927 年归国，任中大艺术教授。1933 年在巴黎画展，法政府选购 12 幅，辟专室陈列。旋赴欧，在德、意及苏联举行画展。抗战后，屡在国内广州、长沙以及香港、印度、星洲等各地为救济祖国难民，举办画展。历任北京大学、桂林美术学院教授。后任北平艺专校长。解放后，任中央美术学院院长，中华全国美术工作者协会主席。在绘画创作上，反对形式主义，坚持写实作风，主张"古法之佳者守之，垂绝者继之，不佳者改之，未足者增之，西方绘画可采入者融之"。继承我国绘画优秀传统，吸取西画之长，创造自己独特风格。长于国画、油画、尤擅素描。造诣极深，善于传神。著名油画《我后》、《田横五百士》，国画有《九方皋》、《愚公移山》、《会师东京》等，最为所重。画马为世所称，笔力雄健，气魄恢宏，布避设色，均有新意。1952年病中，曾将自己一生创作和全部珍藏，捐献国家。平生积极从事美术教育事业，为中国美术事业发展，鞠躬尽粹，培育了不少优秀人才。1953年卒于北京。年仅59岁，就其寓所改建徐悲鸿纪念馆。其代表作《奔马图》，最为人所喜爱。间作花鸟及猫，亦别具风格，情趣盎然。著有《普吕动》、《初伦杰作》、《悲鸿素描集》、《悲鸿油画集》、《悲鸿彩墨画集》等行世。

徐悲鸿是中国现代美术事业的奠基者，杰出的画家和美术教育家。先后任上海南国艺术学院美术系主任、中央大学艺术系教授、北京大学艺术学院院长。徐悲鸿的作品充满了爱国主义情怀和对劳动人民的同情，表现了人民群众坚韧不拔的毅力和威武不屈的精神，表达了对民族危亡的忧愤和对光明解放的向往。他的画法熔古今中外技法于一炉，显示了极高的艺术技巧和广搏的艺术修养，是古为今用、洋为中用的典范，在我国美术史上起到了承前启后、继往开来的巨大作用。

幼 年 学 画

　　江苏省宜兴县内有条河叫塘河，河上有座石拱桥名圯亭桥，桥不远处有个小镇就叫做圯亭桥镇。1895年7月19日徐悲鸿就出生在这个民风淳朴，风景秀丽的江南小镇。

　　徐悲鸿的父亲徐达章最初给他取名寿康，祈愿他健康长寿。徐达章是私塾先生也是方圆百里有名的书画家。能诗文，善书法，常应乡人之邀作画，谋取薄利以补家用。母亲鲁氏是位淳朴的劳动妇女。徐达章的书法简练、潇洒、雄浑有力，当地的庙宇、寺庵等多留下了他的手迹。徐达章的篆刻技艺也十分高超，现存的印章有："读书声里是吾家"、"半耕半读半渔樵"、"闲来写幅丹青卖，不用人间造孽钱"……从现存的印章中也可以看出徐达章的耿直性情与注重家教的良好家风。

　　徐悲鸿从小就与笔墨结缘。在这种家风的影响下，徐悲鸿从小就喜欢读书写字。10岁随父亲乘舟赴溧阳时，便作有"春水绿弥漫，青山秀色含，一帆风信好，舟过万重峦"的诗句。徐悲鸿经常看父亲画画，耳濡目染，也对画画产生了浓厚的兴趣，6岁时要学画，父亲不许，或许是他认为画画在当时的乱世下不是一个好职业吧。但颇有绘画天赋的徐悲鸿不甘寂寞，自得其乐地画河边的鸭鹅与家里的猫狗。

在父亲的教诲下，徐悲鸿很早就开始涉猎《诗》、《书》、《易》、《礼》、《大学》、《中庸》等中国典籍。据说在他8岁那一年，在读到《论语》中的"卞庄子之勇"时，问父亲说："卞庄子有什么勇？"父亲告诉他："卞庄子能刺虎。老虎是百兽之王，异常凶猛。卞庄子是春秋时代鲁国人，是一个非常勇敢的人。有一次，他独自一个人捉住了两只大老虎。这件事传到邻近的齐国，那时齐国的国王正想发兵攻打鲁国，听到鲁国有这样勇敢的人，就不敢出兵了。"这"虎"到底是什么样子呢？悲鸿实在想象不出来，就求别人画一个老虎，拿回来临摹。后来父亲看到了，问他："你画的是什么东西？"徐悲鸿说："老虎。"父亲说："这哪里是老虎，我看倒像是一只狗。"父亲看他一脸懊恼，又安慰说："你现在应专心

读书，等读完了《左传》再学画也不迟。"

第二年，徐悲鸿读完《左传》，父亲遵守诺言，让他正式跟自己学画，每天午饭后，临摹吴友如的石印界画人物一张，吴友如是清代末年最大的插图画家，能在尺幅之中描绘亭台楼阁、虫鱼鸟兽、奇花异草，以至千军万马。以至于后来徐悲鸿在和友人聊天时说："吴友如是我的启蒙老师。"徐悲鸿每次随父亲进城时，必至画店观赏石涛、八大山人及任伯年等人之作，回家后凭记忆默写。在父亲的殷勤教导和勇于创新的前辈画家熏陶下，他打下了中国绘画的坚实基础。在寂寞的、缺少玩具的少年时代，徐悲鸿悄悄地爱上了周围的许多动物，并且仔细观察和描绘它们，如温顺的牛、奔驰的马、嘎嘎鸣叫的白鹅、浮游于水面的群鸭、倦卧在墙角或戏于树上的花猫……都一一出现在他的笔下，宛然如生。

徐达章先生有一幅著名的《松荫课子图》，详细描绘了少年徐悲鸿在父亲的监督下刻苦读书的场景。画中少年正在认真读书，旁边老者手持羽扇坐在少年身后凝神谛听，整幅画人物逼真，形神兼备。

徐悲鸿的绘画天赋，小时候就有过诸多表现。据说，有一次，徐悲鸿的父亲对他讲，我要出去一趟，谁来找我，叫他留一个名。父亲出去后，有个人来了，问悲鸿，你父亲呢？悲鸿说不在。这个人就走了。等悲鸿父亲回来问他，有人来吗？悲鸿答，有人来的。他姓什么叫什么，悲鸿都答不出来。父亲埋怨他，连个人名都记不住。悲鸿笑笑，也不辩解，只把手摊开，父亲一看悲鸿手掌所画人像，就明白方才来的客人是谁了。

还有一个故事颇能说明徐悲鸿的才气。徐悲鸿家隔壁的老太太死掉了，家人很伤心，一边哭一边感慨，遗憾生前没有给老太太拍个照片，连个念想也留不下。徐悲鸿听见了说，不要紧，我来画一幅吧。他就画了一个老太太在河边洗衣裳。一看徐悲鸿画的老太太，老太太的儿子说，这就是我的母亲嘛，你怎么画出来的呢？悲鸿说，我经常看到她在河边洗衣服，我看见过她的样子，想着就画出来了。

1905年，宜兴大涝，连年水灾让本已贫困的家庭雪上加霜，为了谋生，徐悲鸿随父亲一道在周围各县流浪卖画。少年徐悲鸿的画艺得到了很大长进，也看到了当时社会的黑暗与不平，于是给自己刻了一方印章，上书"江南贫侠"，小小年纪，就显示了嫉恶如仇、耿直侠义的性格。

在《悲鸿自述》中，徐悲鸿有过如下记录："方吾年十三四岁时，乡之富人皆遣子弟入学校，余慕

之。有周先生者，劝吾父亦遣吾入学校尤笃，先君以力之不继为言。周先生曰：'画师乃吃空心饭也，乌足持。'顾此时实无奈，仅得埋首读死书，谋食江湖。"

谋食江湖

1908年徐悲鸿13岁，家乡有一次发了大水，徐悲鸿的父亲便携徐悲鸿去外地谋生，随父辗转于邻近的乡村镇里，以卖画为生。1942年他在一幅作品题诗中曾说："少小也曾锥刺股"，以此来形容他年轻时的生活艰难。

父子二人为人画人物、山水、花卉、动物，刻图章，写春联。那时只有城市才有人像摄影，所以他们经常为人画肖像。这对少年的徐悲鸿来说，是一种极严格的考验，对他日后在人物画方面的卓越成就有重大影响。当然，这种卖艺的生涯不只是对艺术功力的磨练，也使他更多地接触了下层社会和劳苦大众，激发了他忧国忧民的感情。

少年时代的徐悲鸿已在摸索创造新的绘画风格，当时的强盗牌香烟盒中附有动物画片，徐悲鸿很爱搜集，又见到各种动物标本，便对标本进行严格认真的写生。一些西方艺术大师的作品复制品更使他萌发了到欧洲去学习美术的朦胧愿望，然而冷酷的现实却横亘在他面前，流浪江湖的卖画生涯因徐达章身染重病而中止，徐悲鸿扶着全身浮肿的父亲回到了家乡。

当时17岁的徐悲鸿已成为宜兴小有名气的画家，作为长子，他挑起了家庭的重担。不久，父亲去逝，家里却连一文安葬费也没有。徐悲鸿含泪向亲戚告贷，热心的陶留芬先生不但立刻送来了钱，还亲自帮助安排了丧事。徐悲鸿含着深沉的哀痛埋葬了父亲后，发现自己面对着沉重的家庭负担，家里负债累累，年幼的弟妹也要供养，作为家里的顶梁柱，他决定担负起自己的责任，赚钱来贴补家用，徐悲鸿开始在宜兴女子师范、彭城中学、始齐小学教授美术，过早地体会到了生存的艰辛和人世的无常。

但是沉重的家庭担子压不住他上进的决心，为了学美术，在安顿好家人后，他决定去上海寻找半工半读的机会。宜兴初级师范的语文教师张祖芬送别他时，殷切地勉励说："你年轻聪敏，又刻苦努力，前途未可限量。我希望你记住一句话：'人不可有傲气，但不能无傲骨'，我没有什么东西可送你就以这话为赠吧！"徐悲鸿从心底涌起无限感激，并终身铭记着这句嘉言，将它们作为座右铭。直到他生命的晚年，他仍带着温情说："张祖芬先生可称我的第一位知己啊！"

可是当时纸醉金迷的上海，并没有善待这位才华横溢的年轻画家。一位在中国公学担任教授的同乡徐子明曾将徐悲鸿的画推荐给复旦大学校长，很受赞赏，并得到安排工作的许诺。当徐子明陪同徐悲鸿来到校长面前时，校长十分诧异，用耳语对徐子明说："他年轻得像个孩子，如何能工作呢？"徐子明热烈地争辩说："只要他有才艺，你何必计较他的年龄呀！"后来，徐悲鸿几次写信给复旦大学校长，都得不到回音。于是，徐悲鸿流落在上海。正在彷徨无计时，徐子明介绍他去找《小说月报》的编辑恽铁樵。徐悲鸿挟了自己的画和徐子明的信去见恽铁樵，很受青睐，并应允为徐悲鸿在商务印书馆谋一个画插图的小职，嘱徐悲鸿过几天去听回音。

这时，已是秋雨绵绵的季节，徐悲鸿没有雨伞，冒雨去探回音，恽铁樵先生愉快地说："事情成功了！你不久便可搬到商务印书馆住。"一种温暖的感觉涌到徐悲鸿寒冷的身上，他立即赶回旅店，给母亲及故乡的朋友写信，说他已找到了工作。信刚刚发出，忽然响起急促的叩门声。恽铁樵站在门前，手里拿了一个纸包，神色仓皇地说："事情绝望了！"徐悲鸿急忙拆开纸包，只见里面除了自己的画以外，还有一个批件："徐悲鸿的画不合用。"徐悲鸿觉得心猛然裂开了，血不断地涌上来，一种难以遏制的痛苦和失望强烈地攫住了他，他狂奔到黄浦江边，想要结束自己的生命。混浊而奔腾的江水汹涌地冲击着江岸，轮船的汽笛尖锐地吼叫着。徐悲鸿解开衣襟，让无情的风雨打在他年轻的胸膛上。当一阵寒冷的战栗从脚跟慢慢传递到全身时，他才清醒地对自己说："一个人到了山穷水尽的地步而能自拔，才不算懦弱啊！"

徐悲鸿回到了故乡，送走了第一个没有父亲的忧郁的除夕。镇上的一位民间医生用深厚的同情慰勉了他，并赠他一笔小款。于是，徐悲鸿再一次来到上海，但仍找不到工作。一个偶然的机会，上海富商黄震之看到徐悲鸿的作品，十分赞赏他的天才和同情他的遭遇，慷慨地为他提供食宿。但不久，黄震之不幸破产，徐悲鸿又无所依靠。当时著名的岭南派画家高剑父、高奇峰兄弟在上海开设审美书馆，徐悲鸿画了一幅马寄去，大受赞赏。回信说："虽古之韩幹，无以过也！"并请徐悲鸿再画4幅仕女图。这时，徐悲鸿身上只剩5个铜板，而4幅仕女图要一星期才能画完。徐悲鸿仅能每天以一个铜板买一团糙饭充饥。第6天和第7天便整日不食。当他终于挟着4幅仕女图送往审美书馆时，天上正下着大雪，而高氏兄弟不在，徐悲鸿只好将画交给看门人收下，因饥饿难忍，不得不脱下身上单薄的衣服去当掉。

这一时期，是徐悲鸿人生最艰难的时期。正是这段艰辛的生活，让他认识到了社会的黑暗和不公，对他以后的绘画生涯产生了极大的影响。

人 生 转 机

在徐悲鸿人生低谷时，一位并不起眼的小人物帮助了他。在他面对滚滚黄浦江，感觉生之艰难的时候，有人拉住了他的胳膊，是商务印书馆里的小职员黄警顽。他看到徐悲鸿面色悲苦，似有寻短见的意图，赶忙及时制止了他。黄警顽将他带回自己狭小的宿舍，两人同睡一张床，同盖一床薄棉被，徐悲鸿暂时有了栖身之所。

有一天，黄警顽帮他联系到一份工作，是为中华图书馆出版的一套《谭腿图说》画体育挂图。几天工夫，一百多幅图就画好了，徐悲鸿得到了一生中卖画的第一笔收入——30元稿酬。

生活有了转机，徐悲鸿也变得开朗起来。他的求知欲非常强烈，谋生之余，大量阅读书籍。在黄警顽的帮助下，他携带作品拜访了当时上海著名的油画家周湘，得到周先生的赏识，并欣赏了周先生收藏的所有书画以及他历年的作品，令徐悲鸿一饱眼福，大开眼界。

不久，徐悲鸿结识了湖州丝商黄震之，黄震之在旅馆中看到了一幅雪景图，极口称赞，询问是哪位名家的大作。静立一旁的徐悲鸿谦逊地说："此画并非什么名家大作，实乃小人的拙作。"黄先生闻言立刻对眼前这位瘦

小的年轻人肃然起敬，他关切地询问起徐悲鸿来沪的目的、今后的打算，当他得知徐悲鸿目前的困难时，豪爽地邀请他住到暇余总会。

暇余总会是黄震之主持的一家俱乐部，是富商们抽烟聚赌的地方。这里上午很清静，徐悲鸿可以安心地看书作画，下午到深夜，赌客与烟鬼蜂拥而至，非常嘈杂，徐悲鸿只好躲出去，逛逛书店。后来，他报名参加寰球中国学生会的夜校补习班补习法文，为日后留法作准备。下课后，总会里也安静了，他就在鸦片铺上过夜。

不久，黄震之在市场和赌场上双双失利，几乎破产，徐悲鸿无法在暇余总会呆下去了。严寒渐渐消退时，徐悲鸿看到震旦大学的招生广告，去报名投考，被录取了。这所学校是由法国天主教会主办的，收费很便宜，黄警顽和黄震之分别为他担负了学费和伙食费。入学时，徐悲鸿在姓名一栏中写上了"黄扶"两字，以纪念两位资助他的黄姓朋友。他穿着死了父亲的丧服，噙着眼泪踏进了这个学校。除攻读法文外，徐悲鸿仍继续作画。

上海有座闻名的哈同花园，是犹太富商哈同和他的中国妻子罗迦陵的宅第。他们在园中创办了一所仓圣明智大学，需要悬挂仓颉的画像，于是登报征聘画家。徐悲鸿从报纸上看到这则消息，便根据古书叙述，画了一幅仓颉画像应征，想得到一点稿酬，解决生活困难。他依据史书上对仓颉"四目灵光"的记载，发挥想象力，描绘了一个满面须毛、四目炯炯、肩披树叶的巨人形象，这幅三尺多高的仓颉半身像被仓圣明智大学的教授们通过了，没想到几天后，明智大学派车来接他，盛赞他的作品，并请他去教授美术。徐悲鸿说明自己尚在求学，须待学期结束。不久，徐悲鸿住进了哈同花园。他开始绘制仓颉像，原计划完成一组共8幅作品的创作，直到他离园的时候，他共完成了四五幅，遗憾的是这些画后来随着仓圣明智大学的风流云散也不知所终了。

当时明智大学经常邀请一些学者名流讲学。徐悲鸿因此结识了著名学者康有为、王国维等人。康有为，这位近代史上著名的维新变法人士极为欣赏徐悲鸿的才华，他发现徐悲鸿是一位艺苑奇才，请他为自己和亡妻以及朋友们画了像，并收徐悲鸿为入室弟子，将自己的全部收藏供徐悲鸿尽情观览。徐悲鸿在康有为的指导下，遍临名碑，书艺得以精进，品味高深，逐渐形成了他那雄奇而潇洒的个人风格。

同时，爱情也光顾了这位天才的画家，明智大学教国文的蒋梅笙教授，由于和他是同乡，他常去蒋先

生家，结识了他的女儿蒋棠珍，即蒋碧薇，两人相互爱慕，终结连理。

留 学 生 涯

1917年，徐悲鸿拿到了明智大学给的一笔稿酬，决定去日本研究美术。5月，徐悲鸿携蒋碧薇抵东京，整天寻觅藏画的处所观览。他感到日本一些画家已不囿于陈法，渐渐脱去积习，能仔细观察和描绘大自然，达到精深美妙的境界。这使徐悲鸿更坚定了融会中外技法的意愿。他在日本还结识了著名艺术家中村不折，看到他收藏的许多中国古代碑帖和日本绘画精品。中村不折还托徐悲鸿将《广艺舟双楫》的日文本带给康有为。

半年后，徐悲鸿从日本回到了北京。

徐悲鸿来到北京，开始以他那生气勃勃，富有民族风格的绘画在中国艺坛显露头角，被北京大学聘为画法研究会导师。他在故宫看到大量优秀的中国古代绘画，从中汲取了丰富的营养。

当时北京的知识界很活跃，《新青年》、《每周评论》等刊物对封建思想进行了猛烈的抨击，传播了民主主义的思想和文化。徐悲鸿也受到了深刻的影响，使他站在新文化运动的前列，成为中国画家中最坚决的革新者。他在北京大学的《绘学杂志》第一期上以《中国画改良论》为题，对中国画中的保守势力进行猛烈抨击，一针见血地指出："中国画家之颓败，至今已极矣。凡世界文明，理无退化。独中国画之在今日，比二十年前退五十步，三百年前退五百步，五百年前退四百步，七百年前千步，千年前八百步。民族之不振，可慨也夫。"他认为中国画颓败的原因是："曰守旧，曰惟失其学术独立之地位。"他慨叹地写道："要之以视千年前先民不逮者，实为奇耻大辱。"在如何进行革新的问题上，他明确地提出："古法之佳者守之，垂绝者继之，不佳者改之，未足者增之，西方绘画可采入者融之。"

旅欧深造

由于傅增湘和蔡元培的帮助，徐悲鸿终于获得去法国留学的公费。1919年3月，徐悲鸿怀着向西方学习科学和民主，以复兴中国美术为己任的决心，从上

海乘船启程赴法，开始了他艺术生涯中转折性的阶段。

徐悲鸿到达巴黎后，先在各大博物馆仔细观摩西方艺术的精华及比较他们与东方艺术的不同之处，数月绝笔不画，然后，入徐梁画院研习素描。随后考入巴黎国立高等美术学校，以弗拉孟、高尔蒙为师。每次竞试，都名列前茅。课余，便到卢浮宫和卢森堡美术馆研究各派的异同和各家的造诣。临摹普吕东、德拉克洛瓦、委拉斯盖兹、伦勃郎等大师的作品。

1920年冬，法国大雕塑家唐泼特介绍徐悲鸿认识了法国国家画会的领袖达仰·布弗莱。法国国家画会反对陈腐守旧的法国艺术家协会，主张在吸收各派之长的基础上创新，在当时享有很高的威望。从此，徐悲鸿每个星期天都去达仰画室聆听达仰的教导和参加该派艺术家们的茶会，尤其在与倍难尔的交谈中，深受教益。达仰勉励徐悲鸿说："学美术是很苦的事，不要趋慕浮夸，不要甘于微小的成就。"他要徐悲鸿精绘素描，并养成默写的习惯。

1921年4月法国国家美展开幕，徐悲鸿从早至晚仔细观摩，走出会场时，才发现外面下着大雪，而他整天未进餐，又缺少御寒的大衣，顿时感到饥寒交迫，腹痛如绞，从此患了严重的肠痉挛症。他常强迫自己忍痛作画，现仍保存的一幅素描上便写着："人览吾画，焉知吾之为此，每至痛不支也。"这年夏天，徐悲鸿病情加剧，而学费已完全断绝，只好去柏林。徐悲鸿在柏林认识了柏林美术学院院长康普，并看到了门采尔、绥干第纪及康普的作品，感到在法国见到的佳作虽多，仍受局限。他最爱伦勃朗的画，便去博物院临摹，每天都持续画10小时，期间连一口水也不喝。特别在临摹伦勃朗第二夫人像时，下了很大的功夫，觉得略有收获，但仍不能用在自己的作品上，于是更加努力。

1923年，徐悲鸿重获留学经费回到巴黎后，他抓紧每一寸时光，在名师们正规而系统的训练和他本人孜孜不倦的努力钻研下，绘画水平日渐提高，创作出一系列以肖像、人体、风景为主题的优秀的素描、油画作品，如《抚猫人像》、《持棍老人》、《自画像》等。后以油画《老妇》，第一次入选法国国家美术展。再谒达仰，陈述学习虽无懈怠，但进步很少。达仰说："人须有受苦的习惯，求学也一样……未历苦境的人往往缺乏宏大的志愿。最大的作家多是毅力最强的人，所以能达到很高的成就，为人类申诉。"达仰要徐悲鸿进一步精绘素描，油绘人体时认真作分部研究，务必体会精微，不要追求爽利夺目的笔触。徐悲鸿遵从达仰的教导，很见功效，于是更加努力。先后有《怅望》《萧声》《琴声》《抚猫人像》《远闻》《马夫和马》等杰作问世。仅1927年就有9幅作品入选法国国家美展，获得很高的赞誉。

1927年春，徐悲鸿赴意大利和瑞士，流连于圣彼得寺的名雕和西斯廷教堂米开朗基罗的壁画之前，纵情欣赏了文艺复兴时代大师们的杰作，并游览了庞贝古城，领略西方古代艺术的气氛。

经过8年国外勤奋刻苦的学习和钻研，徐悲鸿怀着复兴中国绘画的决心，回到久别的祖国，居上海霞飞坊。

欧 洲 巡 展

1933年1月下旬，徐悲鸿赴法举办中国画展。5月10日，"中国近代绘画展览"在巴黎国立外国美术馆开幕，展出作品300多幅，前来参观的约有3万人次。大批评家加米勒莫克来在《费加罗报》和《民族之友》等报发表3篇评论，赞扬中国绘画艺术。欧洲各大报纸也争相报导此次画展并发表评论文章。原计划一个月的展期，由于观众太多，又延长了半个月。在历时45天的展览会结束后，法国政府收藏了中国近代佳作12幅，其中有徐悲鸿的《古柏》、齐白石的《棕树》、张大千的《荷花》等。此外，自这次画展后，巴黎国立外国美术馆特辟了一间中国画陈列室，接着比利时、德国、英国、意大利、苏联等国都邀请到该国展览。结束了在法国的展览后，徐悲鸿应邀前往比利时的首都布鲁塞尔举办个人画展。他的作品受到比利时人民的高度赞扬，比利时皇后也参观了画展。

在意大利的米兰，中国近代绘画展隆重开幕。意大利全国的报刊一致赞扬中国绘画艺术的伟大成就，有评论说：徐悲鸿主办的这次画展是继马可·波罗之后掀起的中意文化交流的又一高潮。

各国的邀请函纷至沓来。徐悲鸿应柏林美术会之邀携作品前往德国，分别在柏林和法兰克福举办了他的个人画展。展览期间，德国有几十家报刊、杂志介绍和评论他的作品，均给予高度评价。离开德国之后，他前

往苏联。当轮船经过古希腊的都城雅典时，徐悲鸿上岸游览了巴底隆神庙的遗迹。记得第一次赴欧时，伦敦大英博物馆里陈列的巴底隆神庙残破的浮雕曾使他神魂颠倒，此次，他亲身来到了神往已久的古希腊，历史的风沙使神庙只剩下一些断壁残垣，但他仿佛置身于2000多年前那些伟大的艺术家们中间。这次经历，徐悲鸿终身难忘，被他誉为"生平第一快事"。

1934年5月6日，中国近代绘画展在苏联国立历史博物馆开幕，6月19日移至列宁格勒市展出。展览期间，徐悲鸿应邀到苏联美术协会、美术院校等处进行了多次讲演，向苏联介绍中国艺术。在苏联，他购买了大量的艺术家如列宾、苏里科夫等人的作品、复制品，对他们的艺术推崇备至。他将列宾与法国的德拉克洛瓦相提并论，他的这一评价使苏联美术界为之震惊。

长达一年零七个月的国外巡回展览结束后，1934年8月17日，徐悲鸿回到祖国。这次"中国近代绘画展"破除了西方人轻视中国文化艺术的偏见，在世界艺坛上为祖国文化树立了威信。中央大学为徐悲鸿举行了隆重的欢迎会。会后，徐悲鸿将从国外购买的名画复制品、画册等分赠给学生们，使他们大开眼界，加深了对现实主义艺术的了解。

画坛伯乐

由于徐悲鸿曾经经历过艰苦的遭际，所以在他后来的一生中，凡是遇到年轻有为、肯用功吃苦的人，或穷苦无告的人，他总是给予莫大的同情，并且尽一切可能去帮助和鼓励他。

1917年，57岁的齐白石定居北京，以刻印卖画为生。当时的京派正宗画家出于封建文人的偏见，根本瞧不起木匠出身的齐白石，致使齐白石的画虽然定价很低，但仍很少有人购买。如他自己回忆的那样："我的润格（卖画的价钱），一个扇面，实价银币二元，比平时一般画家的价码便宜一半，尚且很少有人问津，生涯落寞得很。"

1929年，年仅34岁的徐悲鸿任北平艺术学院院长，对齐白石那雅俗共赏、形神兼美的艺术风格极为推崇，称其作品可与徐渭、虚谷、任伯年等大师的艺术媲美。后来他慧眼独具，不顾世俗非议，曾三次到齐家相请，大胆聘请年已66岁的齐白石担任国画系教授，并亲自接齐白石到校担任教授，一时轰动京城。并且每逢画展，徐悲鸿总是在齐白石的作品下面贴上"徐悲鸿定"的条子，表示对齐白石画作的评定。后来

徐悲鸿作《泰戈尔像》

徐悲鸿又为齐白石编画集、写序言，亲自联系出版社出版，以提高齐白石在画坛上的地位。齐白石感激莫名，写诗："我法何辞万口骂，江南独倾瞻徐君。……最怜一口反万众，使我衰颜满汗淋。"表达了他对徐悲鸿有恩在己与"识拔于困厄之中"的感激之情。

　　徐悲鸿回国后，许多青年慕名而来，登门求教。一天，在黄警顽的介绍下，徐悲鸿接待了一位刚20出头的年轻人。徐悲鸿看了年轻人的画，夸赞道："现在许多画画的人脱离现实，像你这样从现实生活出发的人，在中国很少见。"这位年轻人名叫蒋兆和，自幼家贫，16岁只身流落上海，爱好美术却无人指导。一样的贫寒出身，一样的艰苦奋斗，一样的对美术的热爱，徐悲鸿从这个年轻人身上似乎看到了自己当年的影子。此后，蒋兆和经常登门求教，徐悲鸿对他关怀备至。蒋兆和日后果然成为一位著名的画家，并和徐悲鸿保持了终身的友谊。蒋兆和后来曾深情地写道："知我者悲鸿，爱我者悲鸿。"

1928年1月，徐悲鸿与田汉、欧阳予倩在上海组织"南国社"，并成立南国艺术学院，任绘画科主任。在南国艺术学院，他最得意的学生是19岁的吴作人。那是他刚回国不久，田汉邀他来上海艺术大学讲演，讲演结束后，他到各教室去看各班学生的作业。当他走进一年级教室时，一张虽显幼稚，但造型准确、灵气逼人的素描习作吸引了他的注意，他激动地大叫道："这是谁画的？""是我画的。"一位身材修长的年轻人腼腆地应声道。徐悲鸿跷着拇指夸他画得不错，大有前途，并给他留下了自己的地址，让他每周日到家里去，单独辅导他。后来，在徐悲鸿的帮助下，吴作人于1930年春赴法留学，日后成为著名的油画家、美术教育家。

1928年的夏天，福建省教育厅厅长黄孟圭先生来函，邀请徐悲鸿去福州为该厅创作油画《蔡公时被难图》。福州人蔡公时是五卅惨案中被日本军阀杀害的烈士。徐悲鸿怀着崇敬的心情塑造了蔡公时凛然就义时的光辉形象，完成后的油画陈列在福建省教育厅。当该厅询问他要多少稿酬时，他要求福建省能给他一个留学生的名额，而不要分文稿酬。于是，他的学生王临乙得到了赴法学习雕塑的机会，吕斯百则去法国学习油画。学成归国后，王临乙成为著名的雕塑家，长期担任国立艺专教授、中央美院教授和雕塑系教授兼主任，为祖国的美术教育事业贡献了一生。

1931年7月，徐悲鸿率中央大学学生赴庐山写生归来，途经南昌市。此时，画家傅抱石正失业在家，处境非常困窘。当他得知徐悲鸿来到南昌时，忙带上自己的作品到旅馆去拜访。当他到达旅馆时，发现里面座无虚席。轮到接待他的时候，他打开了腋下夹着的一个小布包裹，拿出一卷画来。徐悲鸿顿觉眼前一亮，一股灵气扑面而来，画面上峰峦密布，画幅不大却气势恢宏。徐悲鸿兴奋不已，忙与傅抱石叙谈起来。由于白天要接待的客人太多，他嘱咐傅抱石晚上再来详谈。当晚，傅抱石又挑选了十几幅山水作品前往旅馆，不巧徐悲鸿被几个老朋友拉走了，临走留下话，让傅抱石将画留下，有空再叙。傅抱石放下画，怅然而归。第二天一早就下起雨来，傅抱石望着雨丝飘飞的窗外，心烦意乱。他出身贫寒，做过伞匠，当过小学代课老师，自小迷恋绘画，但已是29岁的他从未拜过师，绘画全凭自己摸索，特别渴望能有一位良师指点迷津。此次徐悲鸿途经南昌，真是机会难得，可是登门求教的人那么多，先生哪有那么多的时间和精力指导自己呢？想到此，傅抱石心中更加烦乱起来。突然，他听到了敲门声，下这么大的雨，会有谁来呢？当他打开门时，出现在眼前的竟是徐悲鸿。徐悲鸿对傅抱石说道："傅先生的画，顶顶好！"并建议说："你应该去留学，去深造。你的前途不可限量。经费问题，我给你想办法。"

为培养这位不可多得的画苑新秀，徐悲鸿找到当时江西省主席熊式辉："南昌出了个傅抱石，是棵好苗，是一种希望，你们应该给笔经费，让他深造。"可这时作为国民党攻打红军前线的江西，其省主席哪里顾得上这些。徐悲鸿只得拿出自己的一张画，果决地说："我的这张画留下来，就当你们买的一张画吧。"熊式辉才碍于徐悲鸿的面子，总算答应了。后来，因所得费用不够去法国，徐悲鸿只好让傅抱石去了日本。当傅抱石从日本学成归国后，徐悲鸿又推荐他到中央大学艺术系任教。后来傅抱石终成为中国著名的山水画大师。1945年9月17日，徐悲鸿50寿辰，傅抱石精心绘制了一幅《仰高山图》，以表达对恩师的崇敬之情。

丹青书壮志 一生傲骨存
dan qing shu zhuang zhi yi sheng ao gu cun

徐悲鸿与马

徐悲鸿以画马著称于世，泼墨写意或兼工带写，塑造了千姿百态、倜傥洒脱的马，或奔腾跳跃，或回首长嘶，或腾空而起，或四蹄生烟。他画的马既有西方绘画中的造型，又有中国传统绘画中的写意，融中西绘画于一炉，笔墨酣畅，形神俱足。它那刚劲矫健、剽悍的骏马，给人以自由和力量的象征，鼓舞人们积极向上。

他对马的肌肉、骨骼以及神情动态，做过长期的观察研究。早在巴黎高等美术学校学习期间就常常去马场画速写，并精研马的解剖，积稿盈千。这为他后来创作各种姿态的马，打下了坚实的基础。徐悲鸿自己也说道："我爱画动物，皆对实物下过极长时间的功夫，即以马论，速写稿不下千幅，并学过马的解剖，熟悉马之骨架肌肉组织，然后详审其动态及神，方能有得。"从而能够成马在胸，游刃有余地去捕捉瞬间即逝的动能神情，得心应手地采用前人不敢涉猎的大角度透视，创作出崭新的艺术形象。

由于徐悲鸿经常画马，他对马有一种偏爱。和马在一起，听着马蹄得得，看着马御风奔驰，他觉得是一种精神享受。他的心仿佛和马一同驰骋。

徐悲鸿擅长以马喻人、托物抒怀，作品表现了中华民族坚韧不拔的进取精神和满腔的爱国热情。徐悲鸿笔下的马一洗万古凡马空，独有一种精神抖擞、豪气勃发的意态。所以他的马成为正在觉醒的民族精神的象征。

马，也最能反映徐悲鸿个性，最能表达他思想感情。徐悲鸿的马受到人们喜爱，除了他所下的功夫之外，更重要的是他倾注于其中的感情，并将这种情感化作一种精神，以马为载体而表现出来。

抗 战 爱 国

徐悲鸿不仅以杰出的艺术成就和对中国美术事业的卓越贡献深为世人敬仰，而且在抗日战争期间所表

丹青书壮志 一生傲骨存
dan qing shu zhuang zhi yi sheng ao gu cun
——著名画家徐悲鸿

现出的伟大的爱国主义精神，更令国人对他崇敬有加。

1935年初，田汉不幸被捕。为营救田汉，徐悲鸿四处奔走，后来与宗白华一起终于将重病中的田汉保释出狱。出狱后，田汉全家皆住徐悲鸿家。抗日战争爆发后，徐悲鸿在香港、新加坡及印度举办义卖画展，宣传支援抗日，他把举办画展募集的资金捐给祖国以赈济灾民。当时南京的国民党政府腐败不堪，徐悲鸿对此深恶痛绝。当蒋介石提出请徐悲鸿画一幅肖像时，徐悲鸿断然拒绝。1935年春节，徐悲鸿写了一副春联贴在大门上，上联是"中立不倚"，下联是"隐居放言"。他家的对门就是国民党中央委员、宣传委员会主席叶楚伧的官邸，出入很容易看到。

1936年5月，徐悲鸿被聘为广西省政府顾问，他离开南京前往广西，受到李宗仁、白崇禧、黄旭初等人的礼遇。在《广西日报》上，徐悲鸿撰文公开斥责蒋介石无礼、无义、无廉、无耻。这一年，他作了国画《晨曲》、《逆风》、《雪》等有感时事的作品。1937年中华大地燃起了全面抗日的烽火。8月13日，日本侵略者进攻上海，威逼国民党首府南京，中央大学不得不向大后方转移，迁往国民党的战时首都重庆。中央大学再次聘请徐悲鸿担任教授，于是，徐悲鸿也跟随中央大学来到了嘉陵江畔。在入蜀途中，他创作了中国画《巴人汲水》及《巴之贫妇》，对劳动人民的艰辛生活抱以深切的同情。

日本侵略者在肆意侵占我们的国土，人民苦不堪言。作为一名有良知的爱国画家，徐悲鸿愁绪满怀。既然不能在前线杀敌报国，他便在后方用手中的画笔尽绵薄之力。1939年至1940年，应印度大诗人泰戈尔之邀，徐悲鸿赴印度举办画展宣传抗日。这期间他创作了不少油画写生，最重要的成果是国画《愚公移山图》。当时正值中国人民抗日战争的危急时刻，徐悲鸿以其独特的艺术语言表达了抗日民众反法西斯侵略的决心和毅力，鼓舞人民大众去争取抗战的最后胜利，极具现实意义。1941年，徐悲鸿在南洋、云南、贵州等地多次举办筹赈画展，将卖画所得全部捐献给国家。

正如徐志摩对他的评价："你爱，你就热热地爱；你恨，你也热热地恨。崇拜时你纳头，愤慨时你破口。"徐悲鸿就是这样一个爱憎极其分明的人。他嫉恶如仇，曾措辞尖锐地抨击西方现代主义艺术。同时，对他所喜欢的，则常用"天下第一"作为誉词。1942年10月15日，他在重庆参观中国木刻研究会举办的"全国木刻展览会"，立刻在《新民报》上写了一篇热情洋溢的短文，其中有这样一段话："我在中华民国三十一年十月十五日下午三时，发现中国艺术界中

一卓绝之天才，乃中国共产党中之大艺术家古元。"

　　1945年2月22日，重庆《新华日报》刊登了《陪都文化界对时局进言》的全文及312人的签名，其中就有徐悲鸿的名字。这是一次由郭沫若发起的文化界争取民主的签名运动，他们呼吁取消特务组织，废除国民党一党独裁，成立民主联合政府。郭沫若拿着宣言书找到徐悲鸿，他毫不犹豫地签上了自己的名字。这一声势浩大的签名运动，在社会上反响强烈，使国民党政府狼狈不堪。为此，国民党政府宣传部长、中统特务头目张道藩被蒋介石狠狠地训斥了一通。国民党派人去威胁徐悲鸿，让他发表声明，登报忏悔。徐悲鸿面无惧色，严词拒绝。国民党当局又以停办徐悲鸿积极筹划中的中国美术学院作为要挟，徐悲鸿当场将来人骂了出去。

　　《四喜图》创作于1936年初秋，是幅令人观后难以忘怀的不朽画作。当时毛泽东领导的中国工农红军在陕北瓦窑堡召开了政治局会议，针对蒋介石的不抵抗主义和日本侵占中国东三省，提出了抗日战争的任务和策略。1935年12月9日爆发了北平学生在中共领导下的反日爱国运动。1936年12月西安事变，蒋介石被迫接受了共产党提出的"停止内战，一致抗日"的要求。

这段时期徐悲鸿创作了许多经典作品。《四喜图》构图合理，层次分明，形象准确，动感鲜明。四只喜鹊，神态各异，栩栩如生。那些跳踏枝头、迎接春天的喜鹊，分明是在向人们诉说着大师与祖国同安危、与民族共命运、同人民共呼吸的情怀。

《奔马图》作于1941年秋季，此时抗日战争正处于战略相持阶段，侵华日军想在发动太平洋战争之前彻底打败中国，故而倾尽全力发动长沙会

《四喜图》

043

dan qing shu zhuang zhi yi sheng ao gu cun

丹青书壮志 一生傲骨存

——著名画家徐悲鸿

战，企图打通南北交通。第二次长沙会战后，日寇占领长沙，此时正在马来西亚槟榔屿办艺展募捐的徐悲鸿听闻国难当头，心急如焚，他连夜画出《奔马图》以抒发自己的忧急之情。

徐悲鸿擅长以马喻人、托物抒怀，作品表现了中华民族坚韧不拔的进取精神和满腔的爱国热情。徐悲鸿笔下的马"一洗万古凡马空"，独有一种精神抖擞、豪气勃发的意态。所以他的马成为正在觉醒的民族精神的象征。

徐悲鸿赠友人的《行书五言联》

《负伤之狮》创作于1938年。1938年，日寇侵占了我大半个中国，国土沦丧，生灵涂炭，徐悲鸿怨愤难忍。他画的负伤雄狮，回首跂望，含着无限的深意。他在画上题写："国难孔亟时与麟若先生同客重庆相顾不怿写此以聊抒怀。"

《负伤之狮》

044

表现了作者爱国忧时的思想。

这是幅现实主义和浪漫主义结合的杰作。中国被称作东方的"睡狮"，现在被日本帝国主义侵占了中国东北大部分国土的"睡狮"已成了负伤雄狮。这头双目怒视的负伤雄狮在不堪回首的神情中，准备战斗、拼搏，蕴藏着坚强与力量。

《巴人汲水》是一幅真实记录重庆人民辛勤劳作的艺术珍品。

徐悲鸿先生1937年因国难而流落重庆，而正是在重庆的艰苦岁月里，国难当头的大气候和民不聊生的现实生活，使这位本来就充满人道主义思想的进步画家，更深刻地体会到了人民的疾苦，甚至把自己融汇到劳动民众之中。水是人类得以生存的第一要素，但在山城水却来之不易。徐先生来到重庆，映入眼帘的第一道风景线即是一行行挑水的汉子，他们那吃力的步履和被水桶压弯的扁担，使画家深刻地感受到那份生活的艰辛，和生活在这块土地上的重庆人世代相传的抗争精神。为此，被触发了的画家的创作灵感，在徐先生的头脑里构造出一幅真实生动的巴人汲水的蓝图。

这幅《巴人汲水》在构图上匠心独运，使画家的造型手段放射出奇光异彩。整个画面十分奇特，高

《巴人汲水》

300cm，宽却62cm，颇显细高。

画像以其高度概括的手法，将巴人传统汲水的宏大场面，分解为舀水、让路、登高前行3个段落，精心绘制了多幅草稿，描绘了男女老幼不同动作的7个人物。舀水，描绘一健壮的男子，仅穿着一条黑色的短裤，头发虽已秃顶，但其身体强壮，匍匐着前身，右手紧握着一只巨大的木桶的提梁，从湍急的嘉陵江水中，迅捷而熟练的舀水。旁边有一衣着褴褛的赤足妇女，低头用力，正把舀满的水桶，吃力地提到岸边。让路，描绘一头缠汗巾，赤臂裸腿的男子，弓着身体，肩负着重担，吃力地攀登着陡立而漫漫的石梯。旁边应接石上，谦恭地站立着一位身穿长衫，把前摆挽在腰间，肩挑空担的青年男子让路，他身体微侧，以同情与怜悯目光凝视着吃力攀登的挑夫。图画的上方，绘制了3位登高攀至江岸顶端的挑夫，他们爬完了艰险的陡梯，开始迈开大步，比较轻松地急行。

《风雨鸡鸣图》作于1937年，徐悲鸿画一只公鸡，在风雨中引吭高歌，其寓意是唤起人民奋起抗战，又是对抗日将士的高度赞扬。画面描绘了"风雨如晦，鸡鸣不已"的时代感，抒发了画家渴望漫漫长夜过去、黎明快快到来的心情。全画笔墨酣畅，造型准确鲜明，神完气足，是徐悲鸿将现实主义与革命浪漫主义结合的杰作。

《古柏双马》完成于抗日战争期间，徐悲鸿边走边画，先在南京画双柏，后在桂林画双马，最后在重庆完

《风雨鸡鸣图》

《古柏双马》

成整幅。1941年，徐悲鸿把此画赠与致力救国运动的陈振永，以表示对其爱国活动的敬意。

《逆风》

1936年就开始创作的《逆风》，以迎风奋飞的雀群，同样体现了一种奋发向上的思想感情，毛泽东同志曾称赞这幅作品"很有思想，有时代感"。

油画《愚公移山》创作于1940年7月。当时正是抗日战争最艰苦的年代，但徐悲鸿坚信：中国人民以愚公移山的精神，艰苦奋战，一定能够移掉压在中国人民身上的两座大山——封建主义和帝国主义，一定能够取得抗日战争的最后胜利。

《愚公移山》

1939 年 1 月 4 日，徐悲鸿赴新加坡举办画展。在新加坡"江夏堂"，他画了油画《放下你的鞭子》，画中的主角是著名演员王莹。

《放下你的鞭子》

日本军队的侵略行径，理所当然地激起中国人的反抗怒火。在形式多样的抗日宣传中，街头活报剧十分活跃，最出名的是《放下你的鞭子》。王莹主演的这台活报剧赴新加坡演出，徐悲鸿看后很激动，请王莹到"江夏堂"作客，他要用画笔把这段历史留给后人。

他乡遇故知。作为一个艺坛前辈，徐悲鸿对王莹的才气与作为大加鼓励。而王莹能在国外遇到徐悲鸿，这位她仰慕已久的大画家能亲自为她画像，她也非常兴奋。演出的间隙，她有空就会到"江夏堂"和徐悲鸿合作。其他画家也画过《放下你的鞭子》这出戏，但徐悲鸿创作的是一幅大油画，以西洋技法表现乡土题材。

这幅画前后画了3个月。画作全部完成的那一天，徐悲鸿站在这幅油画的旁边，照了一张像。身穿白衬衫、扎着大黑领结的徐悲鸿，与画面上农家女子装束的王莹，形成极大的反差。而徐悲鸿的脸上并没有成功的喜悦，而是紧抿着嘴唇，带着淡淡忧虑。

徐悲鸿的油画《放下你的鞭子》，传达"枪口对外、一致抗日"的救亡呼声，由陈嘉庚担任主席的南洋华侨筹账会，曾为王莹等赴南洋演出募捐，他们以最快速度，将油画《放下你的鞭子》印制成明信片10万张，资援中国抗战。

斗 争 不 懈

1946年春夏之交，徐悲鸿接掌北平艺专。他在当时写给吴作人的一封信中明确写道："余决意将该校办成一所左的学校。"8月，他在上海与周恩来、郭沫若会晤，得到了周恩来鼓励与支持。8月底，他由沪抵京，来到北平艺专与团结在他周围的一批进步美术工作者进行了一系列的教学改革，逐步建立起完整的教学体系。

他将一批学业优良但在敌伪时期因思想进步而被

开除的学生恢复学籍，再将原教员中，凡落水失节者一律停聘。有一位"教授"曾留学法国但学业无成，投靠国民党而成了特务组织的成员，被停聘后，他恃有靠山，上告到南京，但徐悲鸿始终没让这个人再混入学校。

北平的亲国民党派筹划成立了一个"北平美术协会"。为了针锋相对，北平艺专的进步人士成立了北平美术作家协会，推举徐悲鸿为会长。在繁忙的教育工作之外，徐悲鸿积极地支持北平美术作家协会的工作。

在接管北平艺专以后，徐悲鸿一直受到国民党特别派遣的一批党棍、特务的监视，他所在的北平艺专也时时受到国民党的攻击。面对这些，徐悲鸿总是据理力争，揭露他们的阴谋，保护被迫害的师生。他写了"艺术至上"四个大学挂在校门口，用以维护进步学生的反蒋爱国运动，以学术自由的名义与国民党作不屈不挠的斗争。

1947年5月20日，北平爆发了"反饥饿、反内战"的学生运动，国立艺专的部分师生参加了这次大游行。一天晚上，听说国民党宪兵要到艺专校园搜捕参加游行的师生，徐悲鸿立刻给当时国民党的北平行辕主任李宗仁打电话，他说："国立艺专没有共产党，叫他们（指宪兵）不要来这里下手。"并且要求李宗仁保证艺专师生的安全。李宗仁一一应允，艺专的师生得到了一次政治庇护，躲过了国民党的大搜捕。

地下党在艺专学生中利用合法的组织，经常开展歌舞、演剧、营火会等活动，以壮大革命力量。组织的社团有"综艺剧团"、"黄河剧团"、"阿Q漫画壁报"、"大家唱合唱团"等，徐悲鸿热心支持学生的这些课外活动。

在教学上的一系列改革并不顺利。1947年10月初，北平艺专国画组的三位教授罢教，提出"改善国画设施"等四项要求。10月3日，"北平美术协会"支援罢教教授，并散发"反对徐悲鸿摧残国画"的传单。为此，徐悲鸿于10月中旬召开记者招待会，公开阐明他的美术教育主张，并发表书面谈话《新国画建立之步骤》，批驳"北平美术协会"对他的攻击。

1948年下半年，国民党统治行将崩溃，白色恐怖笼罩北平，宪兵队随时随地抓人，并公开搜捕学生。1948年7月9日，"反迫害反剿民"大示威以后，国民党又进行了大规模的搜捕。北平艺专有十几个学生被通缉，前后有4人被捕。为了营救狱中的进步青年，徐悲鸿费尽周折，亲自出面保释。

辽沈战役之后，平津已处于人民解放军的包围之中。艺专的国民党分子发动了一场"南迁运动"。国民党要迁走的不仅是学校的学生、设备，更重要的是要将艺专的一大批美术界、音乐界的中坚力量搬到南京去，徐悲鸿就是他们要弄走的主要对象。国民党当局给徐悲鸿送去两张机票，迫他南下。中国共产党则派田汉秘密来到北平，见到了徐悲鸿，向他转达了毛主席和周总理对他的问候，并且嘱咐他在任何情况下都不要离开北平。徐悲鸿与国民党党团展开了一场激烈的反"南迁"斗争。他亲自召集校务会议，当场决定将国民党发给艺专"南迁费"换成小米，补贴全校教职工和学生。

这时，人民解放军已包围了北平，傅作义在和平解放与负隅顽抗之间举棋不定，于是在中南海邀宴了北平的一些学者名流，向他们征询意见，徐悲鸿也在被请之列。会上，谁也不敢冒险发言，冷场半小时后，徐悲鸿第一个站了起来，他以洪

亮而有力的声音说道："时至今日，傅将军还能对蒋介石抱有什么幻想呢？况且，北平是一座文化名城，为了保全北平的古老文化，也为了使生灵免遭涂炭，我希望傅将军顾全大局，顺从民意，和平解放北平。"他的冒除直谏鼓舞了在座的人士，大家纷纷发言希望傅将军和平解放北平。后来，傅作义将军果然采纳了这些学者名流们的意见，和平解放了北平。

1949年1月31日，国民党军队从德胜门撤离了北平城，北平艺专的师生们急不可待地走上街头，敲锣打鼓，并在全城张贴了第一批迎接解放军的木刻传单，李桦的"人民解放军是人民的军队"就是其中的一张。

徐悲鸿激动的心情是无法比拟的，他笔下的奔马似乎从这样的欢腾。题画诗也一扫郁闷之气，"山河百战归民主，铲除崎岖大道平"，"百载沉疴终自起，首之瞻处是光明"，欣喜之情跃然纸上。

激 情 满 怀

新中国成立后的北平一片新气象，徐悲鸿在崭新的时代里激情满怀。1949年下半年，他给周总理写信要求派艺专的师生参加当年冬季在北平郊区开展的土地改革运动，周总理同意了他的请求。师生们第一次深入接触了农村的阶级斗争，对他们后来的艺术发展产生了深刻的影响，在师生中产生了第一批反映农民土改斗争的作品，如董希文的《开犁》、李桦的《斗争地主》、曾善庆的《烧红契》等。

1949年12月，中央人民政府任命徐悲鸿为中央美术学院院长。在新的时代里，徐悲鸿提出了社会主义中国的美术要吸收古今中外各流派的精华，中国的油画创作要吸收"古典主义的技巧，浪漫主义的构图、印象主义的色彩、社会主义现实主义的理想内容"。新中国成立初期的中央美院油画系，在他的倡议下，开设了领袖像课，他亲自指导。这个时期，他的创作热情也极其高涨，创作了油画《毛主席在人民中》等。

1950年九十月间召开全国英模大会，徐悲鸿申请为英雄、模范们画像。在党组织的安排下，许多英模来到中央美院做报告，与师生座谈。徐悲鸿的身体很弱，但他带病画了许多肖像，如素描《子弟兵的母亲》、《战斗英雄》、《郭俊卿像》和油画《骑兵英雄邰喜德像》（未完成）等。不久，他又构思创作油画《鲁迅与瞿秋白》，为此，他访问了鲁迅与瞿秋白的日常生活习惯，以便更细致地刻画与塑造人物。

新中国的每一点发展都令徐悲鸿激动不已。1951

年5月，导沭整沂的水利工作吸引了他，这是新中国成立后改造自然的一大创举。徐悲鸿抱病来到山东导沭整沂工程工地体验生活、写生作画，为期两个月，画了大批工地速写和素描肖像。回京后，他暂时将创作一半的《鲁迅与瞿秋白》放下，全身心投入到导沭整沂水利工程的巨幅油画创作中。就在7月的一天，徐悲鸿突发脑溢血，被送进了医院，4个月后，才勉强能在床上坐起来。11月，他出院回家，因仍未痊愈，只得每天卧床休息。1952年，他一直病卧在家，人虽躺在床上，心却早已飞到了学校。他在病床上还计划编制一套《爱国主义教育挂图》，并草拟了一篇序言。

1953年春，徐悲鸿渐渐能下床行动了，便迫不及待地回到中央学院，扶病指导教学。9月23日，全国文艺工作者第二次代表大会在京召开，他任执行主席，开了一整天的会，当晚脑溢血复发，急送医院抢救，因医治无效，于9月26日凌晨逝世。周恩来、郭沫若等前往吊唁。9月28日，全国文代会举行公祭，遗体被安葬在北京八宝山革命公墓。次年10月10日，徐悲鸿纪念馆开幕，这位将一生都奉献给祖国美术事业的艺术家、教育家就像一颗不灭的明星，将永远闪耀在历史的星空。

情 路 之 艰

第一位妻子蒋碧薇

徐悲鸿的第一
位妻子名叫蒋碧
薇，江苏宜兴人，
12岁由父母做主与
人订亲，17岁那年
到了上海，遇到了
徐悲鸿。当时徐悲
鸿年少英俊，才华
横溢，在绘画方面
已显日后的大气
象，蒋碧薇对他产

生了爱慕之情。这里面还有个小故事：

徐悲鸿年轻时客居上海，生活艰难。

一天，他见犹太冒险家哈同征集仓颉画像的告
示，就画了个有四只放射金辉的眼睛、满脸须毛、身
披鲜绿树叶的巨人，拿去应征。

那时正在哈同所办"仓圣明智大学"任教的康有为、王国维、陈三立等人出面评选。康有为见徐悲鸿这幅画构思奇特，灵气飘逸，而年轻画家也是气宇轩昂，一表人才，当即喜不自胜，加以录选了，徐悲鸿也被留在哈同花园住下。

康有为与徐悲鸿交谈之下，很欣赏悲鸿徐的才华，不久就将其收作弟子。从此，徐悲鸿经常出入辛家花园康宅，康有为拿出珍藏的中外名画让其欣赏借鉴，并亲自教授书法，又鼓励他开拓眼界，去日本考察。

徐悲鸿此时却有个难题。他与蒋碧薇在哈同花园一见钟情，可蒋碧薇却不是自由之身，蒋碧薇是上海大同学院教授蒋梅笙之女，遵父母之命与苏州查紫含订了亲。查家乃姑苏大户，退亲是不可能的，令这对年轻人万分苦恼。

康有为决定自己出面，帮徐悲鸿来解决这一难题。

康有为先说服了蒋梅笙，然后再安排徐悲鸿携蒋碧薇赴日本。1917年5月，徐悲鸿先躲进辛家花园康家，"失踪"几日，继之蒋碧薇从家中化妆潜出，到康家两人会合，离家前蒋碧薇又留下了"遗书"一封。蒋梅笙过后特意买了口棺材，装石掩埋，并在《申报》上刊登爱女病逝的"讣告"，借以掩人耳目。

有了康有为的撮合，第二年蒋碧薇便与徐悲鸿私奔至日本，而后又流浪北平，又到巴黎时，他们认识了从伦敦来到巴黎的张道藩，那是1921年的事情。这次会面，给张道藩留下深刻印象的是徐悲鸿的妻子张碧薇。几番接触，张道藩向蒋碧薇射出了爱神之箭。

1925年，国内政局动荡不安，留学生官费停发，为了能继续留学，徐悲鸿只身前往新加坡筹款，这时蒋碧薇就靠徐悲鸿的朋友予以照料，张道藩是最热心的一个。张道藩不但有钱，而且是个花花公子，蒋碧薇便成了他的无数个女人中一个，只是他们保持了比较长久的关系。徐悲鸿除了艺术之外，几乎不懂得怎样呵护自己的妻子。

1926年2月，蒋碧薇收到了张道藩从意大利寄来的一封求爱长信。张道藩的这封信使蒋碧薇陷入万分痛苦的境地。最终蒋碧薇十分理智地回了一封长信，劝张道藩忘了她。张道藩在极度失望中与一位名叫苏珊的法国姑娘结了婚。

1928年，徐悲鸿受聘为南京中央大学艺术系教授，全家由上海迁居南京丹凤街中央大学宿舍。住的是一幢两层的旧式楼房，共住有四家教授，徐悲鸿居住四间房子，蒋碧薇的父母也与他们住在一起。由于拥挤，徐悲鸿总到艺术系画室去作画。

1929年11月，蒋碧薇生下了女儿徐静斐。

　　蒋碧薇与张道藩在国内重逢的时候，张道藩已当上了南京市政府的主任秘书。已做了母亲并怀上第二个孩子的蒋碧薇长期缺乏对丈夫的理解，而徐悲鸿醉心于艺术，对妻子也少有体贴，双方性格都很倔强，渐渐产生了感情裂痕。与张道藩的相见，无形中勾起了蒋碧薇曾失落的梦幻。加上花边新闻对徐悲鸿与孙多慈的师生关系的渲染，给本来已不和睦的家庭平添了一层阴影。而张道藩也始终未忘对蒋碧薇的恋情，再次成为徐悲鸿家中的常客。

　　1932年12月，徐公馆建成。这是由几个朋友资助、筹款，徐悲鸿在傅厚岗6号盖的一幢楼房。这是一座精巧别致的两层小楼，有客厅、餐厅、卧室、画室、浴室、卫生间等，前后还有宽敞的庭院，院内有两棵高大的白杨，四周用篱笆筑成围墙。年底，全家搬进了新居。楼下左边是一间阳光充足的大画室，右边是一间饭厅，一间客厅；楼上两间卧室，徐悲鸿夫妻住一间，徐静斐和哥哥住一间；三层小阁楼上则住着徐静斐的大表姐程静子女士；楼后的一排木平房是男女佣人的住处。

　　这时已是九一八事变发生一年后国难沉重的严冬，徐悲鸿不忘国耻和居安思危，便将新居取为"危巢"。但蒋碧薇认为此名不吉利，不久就取消了。蒋碧薇将公馆布置得一派法国气氛，给人以雍容典雅之感，庭院梅竹扶疏，桃柳掩映，令人赏心悦目。

搬入傅厚岗后，徐悲鸿在家的时间较过去多了，只要不去"中大"上课，便在画室作画，一画就是好几个小时，画的国画将整个画室地面都铺满了。家里人经常等他吃饭，菜热好又凉，凉了又热，他都不出来吃。他的脾气是作画到入神时，谁也不能惊动他，一定要把那幅画画完才罢休。

徐悲鸿在"中大"艺术系当教授，每月薪金300元，蒋碧薇在家料理家务，招待客人，生活优裕而安定。但夫妻两人却常常争吵，起因是徐悲鸿喜爱收藏古董古画及金石图章，一见到好画好古董，爱之如命，不惜重金加以收买；而妻子喜欢过舒适生活，又好请客，双方都要花钱，尽管徐悲鸿的收入很高，仍不免有矛盾，因此发生争吵。

由于事业上没有共同语言，生活上得不到应有的爱抚，徐悲鸿常常处于一种郁郁苦闷之中。在他精心任教之时，对女弟子孙多慈的才能颇为欣赏，常常课外点拨，师生感情甚笃，不久坠入爱河。徐悲鸿刻一印章曰"大慈大悲"，即暗合二名字在内。事后为夫人蒋碧薇闻之，大肆吵闹；孙父对女儿的行为也极力反对，不许徐悲鸿与其女儿来往，弄得满城风雨。

　　在新居落成之时，孙多慈特购枫树苗百株作为点缀庭院之用，也为祝贺老师新画室的建成。但事机不密，又为蒋碧薇得知，怒不可遏，做炊之薪。徐悲鸿异常气恼，但慑于夫人之怒，忍气吞声，悲痛之余，乃将其室取名为"无枫堂"，并刻"无枫堂"印章以抒郁愤和不忘孙多慈。那一时期他的画室也常以画枫树为景，每画必钤上"无枫堂"印章，以示怀念这一隐痛。此后，徐悲鸿与蒋碧薇的关系每况愈下。

　　抗战爆发后，孙多慈一家流徙到长沙，徐悲鸿赶去看她，还把她一家人接到桂林，又为她在广西省政府谋得一职。他们师生那段日子常去漓江写生，可惜愉快的时光并不太长，孙家全家不久离开桂林迁往浙江丽水，直到徐悲鸿跟蒋碧薇仳离，孙家还是反对女儿跟徐老师好。徐悲鸿到印度讲学那四五年里，孙多慈终于嫁给了浙江教育厅厅长许绍棣。

孙多慈迁居丽水后还跟徐悲鸿通信，写过两首诗给他，五言律诗之外还有一首七绝：

一片残阳柳万丝，秋风江上挂帆时，
伤心家园无限恨，红树青山总不知！

急雨狂风势不禁，
放舟弃棹迁亭阴。
剥莲认识心中苦，
独自沉沉味苦心。

小诗录以少陵道兄

悲鸿

这是徐悲鸿在隐痛中写的一首诗，显然不是为好友王少陵写的。王少陵居纽约，一直将徐悲鸿的手迹诗悬挂在客室中，知情者一看便知这是写给一位心爱的女性。

据王少陵说，徐、孙二人分离多年仍书信不断，当年王从大陆回美，临行前向徐悲鸿告别，徐悲鸿正在画室写这首诗，得知王少陵即回美，徐悲鸿要画幅画送他做纪念，因赶飞机来不及了，王少陵便要了这

首墨迹尚没干的诗。徐悲鸿说这是写给孙多慈的。后来，孙多慈每次从台湾去美国见王少陵，见到挂在墙上玻璃框中的这首诗，都心酸落泪，她知道这是徐悲鸿写给她的。

孙多慈后来嫁给了许绍棣，婚后十分后悔，二人从来没有感情，年龄也悬殊二三十岁，经常口战。许绍棣是坚决呈请国民党中央通讯社通缉"堕落文人鲁迅"的党棍文人，在其妻生病期间，许绍棣又看上了郁达夫的妻子王映霞，答应王映霞和郁达夫离婚后娶她。但王映霞和郁达夫离婚后，许绍棣又看上了更年轻貌美的孙多慈。孙多慈爱徐悲鸿，但徐悲鸿却无法和蒋碧薇离婚。许绍棣的原妻已死，在许绍棣的追求下，孙多慈嫁给了他。后来随许绍棣到了台湾。但她一直看不起许绍棣，更加思念徐悲鸿，经常借故从台湾去美国，住在女物理学家吴健雄家里，也多次去王少陵家，每次见到徐悲鸿的诗，都忍不住落泪，感叹很久。

1952年，在台湾师范大学任教的、40岁左右的孙多慈画的《寒江孤帆图》，题写了一首她当年写给徐悲鸿的五言诗：

极目孤帆远，无言上小楼。

寒江沉落日，黄叶下深秋。

风励防侵体，云峰尽入眸。

不知天地外，更有几人愁？

而此时，张道藩为了打击徐悲鸿在政治上的进步和达到占有蒋碧薇的目的，不断采取一些隐蔽的手法，挑拨徐悲鸿和蒋碧薇之间的关系，谣言接二连三地传到蒋碧薇耳朵里，蒋碧薇的性格变得越来越烦燥，脾气也越来越坏。

一天，门口响起了汽车喇叭声，一部黑色小汽车在徐悲鸿家门口停下。张道潘走出车门，按了一下门铃，佣人去开门。

"是张次长来了。"佣人说。

蒋碧薇换了一件紫红色旗袍，缓缓下楼。张道藩眉开眼笑地对蒋碧薇说着好听的话，样子显得很殷勤。

1935年初，田汉被捕的消息传来，徐悲鸿整天焦急不安。为营救田汉，徐悲鸿四出奔走，一无效果，而田汉在狱中病得很重。最后徐悲鸿不得不去求张道藩。张道藩装出一付同情的样子对徐悲鸿说："悲鸿兄，我早就让碧薇嫂转告你，不要管田汉的事，这样下去，对你的前途非常不利，可你不听。这样吧，看在老朋友的份上，我去说说情，试试看。"

几天后，张道藩又来到徐悲鸿家，对徐悲鸿说："经过我说情，他们要两个有名望的人作保，才能让他出来治病。"

"这个我能够！"徐悲鸿如释重负地说。

经过几天的努力，由宗白华教授和徐悲鸿在保证书上签了字，终于使田汉被保释出狱。出狱后，田汉全家几口人都暂住徐悲鸿家，这样又引起了一场风波。

"你保田汉已经冒了很大的风险了，现在你又把这帮穷朋友养在家里，管吃管穿，你能管得起吗？我真不懂，这样做到底对我们全家有什么好处？这个家就这样被你毁掉了，你还拒绝给蒋介石画像……"蒋碧薇又和丈夫吵起来。

徐悲鸿由于拒绝给蒋介石画像，又把田汉全家留在自己家里，加之田汉出狱后不久，继续进行抗日的进步戏剧活动，张道藩便进一步策划对徐悲鸿的陷害。学校出现了反对徐悲鸿的标语，造谣中伤的流言飞语接踵而来。徐悲鸿无法再在南京呆下去，只好于1936年6月去广西桂林。他在《广西日报》上公开发表文章指责蒋介石无礼、无义、无廉、无耻。

　　蒋碧薇由于受到张道藩的影响，政治观点愈来愈偏离。她希望徐悲鸿能放弃反对蒋介石的观点，仍回到南京过舒适的生活，于是在1936年8月赶到广西，想说服徐悲鸿回南京，向国民党反动派让步。徐悲鸿虽然想回家，但不愿屈服于蒋介石的压力，因而拒绝回南京，蒋碧薇只好一个人回南京。返宁前自然免不了又是几场激烈的争吵，政治上的分歧和感情上的破裂都日益表面化了。

　　就在蒋碧薇回南京的第二天，张道藩又来到她家。蒋碧薇再也控制不住自己的感情，终于投身到了张道藩的怀抱……

　　当时，蒋碧薇也曾想做一个安分守已的女人，她写信给张道藩，说他们这种爱情永无结果，劝他把她忘了，并且自爱。可是，张道藩的信反而雪片般地飞来，并口口声声要"等"下去。张道藩在一封信中一

口气写了十一个"等"字，十一个惊叹号，最后终于攻破了蒋碧薇的情感防线。

七七事变后，蒋碧薇迁居重庆，但她几乎每天都收到张道藩寄自南京的信，他们之间的往来就更加频繁了。

1942年，客居新加坡等地达三年之久的徐悲鸿回到国内。同年6月，徐悲鸿来到重庆。但蒋碧薇已打定主意分手。

1944年2月9日，由于徐悲鸿先后6次要求和蒋碧薇和好均遭到拒绝，在忍无可忍的情况下，在贵阳登报与蒋碧薇脱离同居关系。2月12日正式与廖静文女士订婚。蒋碧薇大为恼火，在一个星期日，徐静斐从学校回家，见母亲与吕斯百坐在客厅里说话，母亲命令女儿立即给父亲写信，徐静斐问："写什么?"蒋碧薇愤愤地说："我念一句，你写一句。"她口述的内容是："爸爸，你为什么追求一个女人就要和妈妈脱离一次同居关系，假如今后你要追求十个女人，不是要和妈妈脱离十次同居关系吗? ……"女儿写好后，拿给母亲看，她看了很得意。

蒋碧薇当时就把信交给了吕斯百："你看看悲鸿有什么反应?"

隔不几天，吕斯百来向蒋碧薇汇报了："徐老师没有说什么，只叫我好好安慰安慰丽丽（即徐静斐）。"

蒋碧薇见骂没有起到什么作用，便想在离婚费上捞一笔钱。她把两个子女的教育费要得很多，要100幅画，100万元。那时，徐悲鸿的身体已渐渐衰弱，但为了筹到蒋碧薇提出的那笔数目很大的子女教育费，不得不日夜作画，一站十几个小时，他的身体便这样累垮了。1944年夏，徐悲鸿因患高血压、心脏病、肾炎，病危住院。可他没有钱治病，他在中央大学的工资都被吕斯百送给蒋碧薇了，卖画的钱又被蒋碧薇拿去一部分，剩下二十多万元，几乎全被偷盗他的珍藏《八十七神仙卷》的大流氓，改名假冒"刘将军"的骗子骗走。

1945年12月31日，徐悲鸿和蒋碧薇离婚协议书在重庆沙坪坝重庆大学宿舍张圣奘家签订。参加的有律师沈钧儒，证人是马寿征、吕斯百。蒋碧薇也带着女儿去了。

徐悲鸿来得很早，他面色苍白，一脸病容，提着一个粗布口袋，装着满满一口袋钱100万元，还带了100幅画。双方在离婚协议书正式签字，28年的夫妻关系从此彻底断绝。

蒋碧薇拿到了钱和画后，十分高兴地去中国文艺社打了一夜的麻将。

不久，徐悲鸿和廖静文在重庆中苏文化协会正式结婚，由郭沫若和沈钧儒证婚。

由于政治上的原因，张道藩不能与法国妻子苏珊离婚。1949年，国民党要员纷纷逃离大陆，身居国民党中央常委、中宣部长的张道藩亲自安排蒋碧薇去了台湾。张道藩为了避免麻烦，将苏珊母女送到澳大利亚，从此与蒋碧薇同住在一起。

然而后来，张道藩在台湾同蒋碧薇同居了十年之后，他宁要立法院长一职而抛弃了蒋碧薇，重新回到了被他冷落了二十多年的妻子苏珊身边。但是，张道藩在私下里一直哄骗蒋碧薇：等她六十岁时正式娶她为妻。可真到了蒋碧薇六十岁生日那天，蒋碧薇高兴得像个孩子，也打扮得特别漂亮，摆了若干桌酒席以示庆贺。可是寿宴后张道藩对自己的承诺却只字未提，蒋碧薇这时才恍然大悟，最终不得不承认自己与张道潘的情缘已尽，不得不独走南洋。后又回到台湾，1978年2月16日蒋碧薇在台湾去世。

徐悲鸿的第二位妻子廖静文

廖静文是徐悲鸿的第二位妻子。她比徐悲鸿的女儿徐静斐只大两三岁。她从最初的崇拜到尊敬到挚爱，始终不怨不悔，并为徐悲鸿纪念馆倾注了毕生的心血。

19岁的廖静文在报考文工团的时候曾唱过一首歌《初恋》，她还没有谈过恋爱，甚至都没有和男人拉过手。但她唱这首歌时很动情，深深地打动了考官。

年轻的她没有想到，就在唱完这首后不久，她就有了惊天动地的初恋。

千里迢迢，廖静文离开故乡湖南，只身来到广西桂林考大学。可是她坐的火车因遭到敌人的轰炸停开了，就耽搁在路上，等她赶到桂林，大学报名的日期已经过了。廖静文只得想办法在桂林找工作以安身。

在这里，廖静文遇到了正在招募图书管理员的中国美术学院院长徐悲鸿。

她见到徐悲鸿，觉得他当时有一点未老先衰的样子，40多岁的人，就白了头发。但他的眼睛，是闪亮闪亮的。

　　廖静文一开始很害怕，不知道怎么和这位大名鼎鼎的院长交流。谈着谈着，她发现眼前的徐悲鸿其实很亲切，没有一点儿架子。她把心底真挚的想法都透露给徐悲鸿：她想一边干活一边读书。

　　年龄问题一直是阻碍两人发展的绊脚石。因为比徐悲鸿小28岁，廖静文的父亲和姐姐坚决反对，年轻的她也很犹豫彷徨，甚至一度中断了与徐悲鸿情感的联系。

　　直到那个改变两人一生的画展举办。当时，徐悲鸿在重庆图书馆举行了一个画展，用文人的方式寄托他强烈的爱国热情和悲愤情感。廖静文去看了。她读懂了徐悲鸿，她知道，在这以后，便再也放不下对他的爱了。

　　徐悲鸿必须先和前妻蒋碧薇离婚。为了结束这段名存实亡的婚姻，他被迫答应补偿蒋碧薇100万元和100幅画等苛刻条件。对于月薪不到两万元的徐悲鸿来说，这无疑是一个沉重的负担，加之工作上的辛劳，他染上了重病，一度病危。

　　不顾家人的反对，廖静文放弃了金陵女子大学的学业，全心全意地照顾徐悲鸿。在廖静文的细心呵护下，徐悲鸿的病情奇迹般地好转，恢复了工作。

　　1944年徐悲鸿患高血压、心脏病和肾炎住医院，出院后回到重庆附近的磐溪，与已订婚的廖静文住在石家祠堂一所简陋的木板房里。有一次，徐悲鸿的女儿徐静斐与生母赌气，带了行李到了父亲这里。开始，她对廖静文有戒心，可在接触中渐渐发现廖静文对她父亲的爱是真诚的，她爱的不是她父亲的钱，况且那时她父亲也没有什么钱，她爱的是她父亲的人品和才华。那时，他们生活十分清贫，徐悲鸿睡在一张单人床上，被子是旧的，女儿和后妈则是打地铺，合盖一床被子，棉絮破得一个洞一个洞的。廖静文那时虽然年轻，却整天厮守着徐悲鸿寸步不离，看待他如同自己的生命一般。

1946 年 1 月 14 日，廖静文和徐悲鸿正式举行婚礼，结为夫妻。半年后，徐悲鸿担任北平艺专院长一职，廖静文和他一起到了北平，随后产下两子。一家四口的生活慢慢步入正轨。

徐悲鸿因脑溢血去世

1953 年 9 月 23 日，全国文艺工作者第二次代表大会在北京召开了。徐悲鸿从早到晚参加会议。在第一天的会议上，周恩来总理像往常一样，迈着刚健的步履，目光敏锐，神采奕奕地走上了讲台。全场立即爆发出雷鸣般的掌声。徐悲鸿一直坐在主席台上，聚精会神地聆听周总理的报告。中间休息时，他陪着周总理到休息室。周总理担心徐悲鸿身体不好，劝他不必听完，可以先退席回去休息。但徐悲鸿怎能舍弃这样精辟动人的报告呢？而且是关于知识分子问题的报告，和自己有密切的联系。当时，周总理还不知道他是从早晨就一直参加大会的。

会后，徐悲鸿又赴国际俱乐部参加欢宴波兰代表团的晚会。在宴会中，他突然感到不适，一位女干部走过来，扶他走到休息室，躺在沙发上。

又是脑溢血！

徐悲鸿的左半边肢体又瘫痪了！

急救站的两位大夫赶来了。田汉、洪深等许多人也都来到他身边。

徐悲鸿的妻子廖静文此时正在家中等待他回来。这是中秋节的前夕，她忙着准备和徐悲鸿一起过节的饭菜。忽然，她得到徐悲鸿患病的通知，慌忙赶去。只见他面色苍白，显出十分疲倦的神色。他深情地望着妻子，问："孩子们为什么没有来？"

同时，徐悲鸿用右手示意，要她拿纸笔来，他要写遗嘱。但是，当时在场的医生却说，他的脉搏和呼吸很正常，认为没有太大危险，还是让他安静为好，以免加重病情。因此，廖静文又将拿起的笔放下了。

紧接着，北京医院来了急救车，大家将他抬上车，还没有来得及等廖静文上车，急救车就关上了门，飞驰而去。

当时，对外文化联络局局长洪深便用他的车送廖静文到北京医院，但医生却阻拦她进病房。她心急如焚，等了约半小时，她终于不顾阻拦，冲进了病房。这时，一位外国专家正在给徐悲鸿检查身体，叫他张口同时用一块压舌板伸进口中，大概是检查嗓子红肿了没有。徐悲鸿突然感到恶心，见妻子进来，急忙叫她拿个盆，他便俯身呕吐起来。

"医生，他不是别的病，是脑溢血。请您赶快采取抢救措施吧！"廖静文声音发抖地恳求说。

这位从未给徐悲鸿看过病的外国专家是被医院临时从西郊的友谊宾馆接来的。自徐悲鸿送进医院后，医院没有采取任何抢救措施。接来这位外国专家对徐悲鸿的病史一无所知，他不仅未重视廖静文的话，反而不耐烦地说："治病是我的事，你不必管。"

眼看徐悲鸿的生命垂危，廖静文的全身猛烈地颤抖起来，感到烧灼一般的痛苦。

徐悲鸿的呼吸急促，发出了痛苦的呻吟，不多时，就陷入了昏迷状态。医生终于开始了抢救，从手

臂上放血，用冰袋放在头部，注射强心针……但是，得救的希望已经很微小了，他一直处于昏迷状态。

整整三天三夜，廖静文守在徐悲鸿的床侧。他一直睁着眼睛，在痛苦地挣扎，但眼珠是呆滞的，他已经听不到妻子的呼唤声。

9月26日清晨2时52分，徐悲鸿的心脏停止了跳动。廖静文痉挛地扑过去，紧紧抱住他那还未冷却的遗体，失声痛哭起来。她疯狂般地叫喊着："悲鸿！悲鸿！悲鸿！你回来吧！我等着和你一同回家去，孩子们也在等着爸爸呵！你为什么不回答我呢……"

人们拥上来，对她说着安慰的话。不知是谁将她的身子、她的胳臂、她的手从徐悲鸿身上拉开了。她声嘶力竭地呼喊，向苍天大地呼喊，她要索回悲鸿，决不能让他走进死亡的大门呵……

她全身抽搐地又扑到徐悲鸿身上，用力摇撼他："悲鸿！你跟我回家吧！让我们一同回去吧！"

人们又拥过来，将她从徐悲鸿身边推开，她用力挣扎，嘶喊，在悲痛和绝望中哀号……

廖静文不知道自己是怎样回到家里的。在朦胧中，她仿佛看见许多人在哭，看见田汉用双手蒙住脸在抽泣，他的肩膀在索索抖动，她幼小的女儿在哀声中叫喊着妈妈……

　　1953 年 9 月，孙多慈去纽约参加一个艺术研讨会，正在画友们见面高兴之时，突然传来徐悲鸿逝世的消息，孙多慈听后就昏厥过去，待清醒时痛苦不止，面色惨白。她一生只爱徐悲鸿，当时表示要为徐悲鸿戴孝三年。后来果然当着丈夫许绍棣的面为徐悲鸿戴了三年孝。由于长期郁悒，孙多慈不久也染病，

《公鸡图》徐悲鸿

后在美国病逝。

徐悲鸿逝世后，廖静文便将他的全部作品和收藏品一件未留地捐给了国家，并亲自担任徐悲鸿纪念馆馆长。在周恩来总理的安排下，廖静文曾去北大中文系学习，其目的是为了写好《徐悲鸿一生》这本书。

如今，已是80高龄的廖静文每天都会到徐悲鸿纪念馆上班，默默地在徐悲鸿的画像前守望。

趣 闻 轶 事

扬 眉 吐 气

有一次，许多留学生在一起聚会，一个满身散发着酒气的外国学生站起来，恶毒地说："中国人又蠢又笨，只配当亡国奴，就是把他们送到天堂里去深造，也成不了才！"坐在一旁的徐悲鸿被激怒了，他走到这个洋学生面前，大声说："先生，你不是说中国人不行吗？那么，我代表我的祖国，你代表你的国家，我们比一比，等学习结业时，看看到底谁是人才，谁是蠢材！"

从此，徐悲鸿学习得更勤奋了。他到巴黎各大博物馆去临摹世界名画的时候，常常是带上一块面包一壶水，一去就是一整天，不到闭馆的时间不出来。法国画家达仰非常喜欢徐悲鸿，他从这个中国青年身上，看到了中国人民的坚强毅力。他主动邀请徐悲鸿到家做客，在他画室里画画，并亲自给徐悲鸿指导。

有志者，事竟成。徐悲鸿进入巴黎国立高等美术学校后在几次竞赛和考试中获得了第一名。1924年，他的油画在巴黎展出时，轰动了巴黎美术界。这时，那个在大家面前大骂中国人无能的洋学生，不得不承认自己不是中国人的对手。

悲鸿画扇

徐悲鸿一生画马、画人物，画花卉甚少，更不画扇面。但在1934年，徐悲鸿却为谢玉岑画了绝无仅有的一个扇面。

谢玉岑（1899—1935），名觐虞，号孤鸾，谢稚柳之兄，早年从常州大儒钱名山为学，以后成为钱名山之婿。谢玉岑学养深厚，是二三十年代上海的著名才子，书画诗词皆为一时之选。谢玉岑与张大千是挚友，他为当时还未成名的张大千绘画题词，使其增色不少。

1932年春，谢玉岑夫人不幸因产疾病逝。这对谢玉岑是一个莫大的打击，他身体本来羸弱，从此肺结

核病日重，只得回家乡常州休养治疗。

谢玉岑爱书画胜过生命，人卧病榻，唯一的精神安慰就是向朋辈索画欣赏。张大千在玉岑丧妻后，为其画了100幅白荷花（因他夫人名素蕖，即白荷）安慰他，以后又为谢玉岑画了水果册页，因谢玉岑喜食水果，而谢此时因畏寒连水果也不能吃了。谢玉岑在病中向许多友人求书扇画扇，通过郑逸梅向胡石予求得墨梅，通过夏承焘向唐圭璋、容庚、顾颉刚等求书扇。不久，谢玉岑又请徐悲鸿画扇画花卉。

徐悲鸿刚从欧洲开画展归国，得知谢玉岑患病卧床。虽然徐悲鸿很少画花卉，更从不画扇，但面对卧病在床的朋友之请，他不忍拂逆，只得勉为其难，画了一幅扇面花卉送到谢玉岑病榻前。徐悲鸿委婉地写了封信，要求玉岑"勿示人，传作笑柄"。

1935年4月20日，谢玉岑撒手人寰。徐悲鸿作诗叹惜："玉岑稚柳难兄弟，书画一门未易才。最是伤心回不寿，大郎竟玉折兰摧！"

徐悲鸿为谢玉岑画的这幅扇面，以后不知下落，但他写的这封信，经过半个多世纪犹存于世，完好无损地存于谢玉岑之子谢伯子家。

钱名山长子，谢伯子舅父钱小山为此感慨为诗："读罢悲鸿一纸书，故人情重胜明珠。才难何用嗟双逝，各有清名德不孤。"

抢购"梅妃"

江梅妃，福建莆田人，美丽端庄，唐明皇时被选入宫，深得宠爱。以后明皇又得杨贵妃才被疏离。"安史之乱"，明皇带杨贵妃出逃，兵士不肯前，杨贵妃被缢马嵬坡。乱后明皇回宫，得知梅妃死在宫内，痛惜不已。江梅妃的故事在历史上流传很广，曾被许多画家作为创作的题材。明代仇英曾画过一幅《梅妃写真图》，堪称其中的精品。

《写真图》上画有22个人物，梅妃端坐堂厅中央，屏风之前。梅妃右侧有六个宫女在交头接耳，图的右侧，两个宫女从里屋探头而出，和屏风左侧探头的宫女一样，像是听到梅妃画像的声音，带着好奇的表情。图右侧也有四个宫女，其中三个正聚精会神看画家为梅妃画像，另一个宫女头向后转，像是右边有宫女欲出。玉阶之下是两个太监在议论，为梅妃作像的画师则面向梅妃端坐。如此多的人物集于一室之中，各具神态，既注重情节的具体，又重视境界的创造，整张画工笔重彩，细节刻画精致入微，造型扎实。

20世纪50年代初，徐悲鸿在北京参加一个画展，《梅妃写真图》杂于诸多画像之中供展览之用，许多人并不知道这幅画的来历，徐悲鸿却一眼看出，这是仇英的杰作。

此时，一个外国驻华大使正与主人议价，要买这幅图。徐悲鸿不愿这幅画流于国外，立刻插上前去，对主人说"我买了，不还价"。

这位大使与徐悲鸿有私交，已商议过邀请他到自己国家办画展，此时见到徐悲鸿从中作梗，夺他所爱，一气之下，再也不提邀请办画展的事。

尾巴哪有恁长的？

徐悲鸿有一次开画展，来宾如潮。正当他对众人介绍画作时，忽从人群中走出一乡下土老倌。

土老倌走到画前问他："此画，是先生你画的？"

徐悲鸿回答是。

土老倌对他说："先生，你这幅画里的鸭子画错了，你画的是雌麻鸭，雌麻鸭尾巴哪有恁长的?"

众人仔细一看，此画原来是徐悲鸿"写东坡春江水暖诗意"，画中有麻鸭，尾羽卷曲如环。

怎么错了呢?

原来麻鸭只有雄鸭羽毛鲜艳，尾巴卷曲;雌麻鸭却是羽毛麻褐色且尾巴极短的。

徐悲鸿连忙认错，向这位乡下汉子深深致谢。

三笔画打猎

黄纯尧是徐悲鸿的得意门生。

有一次，徐悲鸿出题，让黄纯尧据以作画:

"我的题目很简单，画一个扛猎枪的猎人，带一只猎犬进大山去打猎。但有规定，这幅画只能用三笔完成。"

黄纯尧思索有顷，回答说:"老师规定太严格了，用三笔是无法完成的……不知老师可否作一下示范?"

徐悲鸿从画案上拿起笔，第一笔画了起伏的曲线，一座大山;第二笔画的是一根既粗又短的直线，表示猎人进山时露出的猎枪强管;第三笔画的是一段浸墨的粗线，表示猎犬的尾巴。黄纯尧不得不对老师高度的概括力钦佩。但他迅即就对老师发动了一次小小的"反击"：

"恕学生冒昧，我也想出一道题回敬老师，不知吾师意下如何？"

徐悲鸿一声朗笑："来而不往非礼也，怎么依得我愿不愿意……你就赶快出题嘛！"

黄纯尧的题并不复杂："三十晚上，猎人在森林里打鬼。"

徐悲鸿一怔，随即问道："几笔完成？"

黄纯尧答说："请老师见谅，一笔都不给。"

徐悲鸿惊疑地反问："一笔都不给？你画得出来么？说给我听听。怎么画法？"

黄纯尧笑答："不装墨的砚盘翻过来，涂上一层墨汁，放在白纸上使劲一摁，纸上便留下一片墨迹。这不就是三十晚上打鬼一片漆黑，什么都看不清吗？"

徐悲鸿一阵大笑："你这小子可真够调皮呀！"

假作真时真亦假

徐悲鸿早年与上海中华书局有很深的关系。其时，徐悲鸿尚未成名，中华书局同仁已看出他的潜力，慷慨为他印制刊行了《悲鸿画集》若干种。

因为经常联系画稿事务，中华书局印刷科职员陆谷身与徐悲鸿接洽频繁，不久就成了熟朋友，徐悲鸿先后送了好多张画给陆谷身。

十余年后，徐悲鸿已有盛名，他的画很为一般人所推崇。陆谷身家中有事，急需用钱，于是携徐悲鸿画到书画店出售。书画店见陆只是个普通职工，以貌取人，即刻就断定画是假的，陆谷身对书画店说明，这些画是徐悲鸿亲自送给他的，可是书画店硬是不相信。

陆谷身无可奈何，只得将画携回家中。

谁的马好?

徐悲鸿与赵望云都擅长画马，徐比赵的名声大，赵望云很不服气。

两个人都是张大千好友。一天，赵望云问张大千：

"人家说徐悲鸿画马比我画得好，你说说到底是谁的好?"

"当然是他的好。"大千直话直说。

赵听了，大失所望，追问道："为什么?"

"他画的马是赛跑的马、拉车的马，你画的是耕田的马。"

赵望云低首无语。

徐悲鸿买画

一次，徐悲鸿在一家画店发现一张很有名的画，便想把它买下。他问店主此画卖多少钱，店主回答说300元大洋。徐悲鸿认为贵了些，恋恋不舍的离开了画店。回去后越想越觉得此画画得好，实在想把它买下，便又去画店问此画能否便宜些，店主不同意。

徐悲鸿很失望的回家后，认为此画实属珍品。便又第三次去画店，最终以300元现大洋将此画买下。心中十分高兴。这天，张大千到徐悲鸿家作客，徐悲

鸿兴奋得对张大千说买了一张珍品画，边说边取出这张画让张大千欣赏，张大千将此画反复观看后，对徐悲鸿说此画是仿制的，徐悲鸿听后很是不快，张大千即用水将画的右下角浸湿轻轻撕开，上面就显露出大千仿制字样。徐悲鸿不禁惊呆了，张大千执画哈哈大笑遂用300元将画买回。

四目仓颉

徐悲鸿从小酷爱绘画，打下了深厚的绘画根基，常因为画画而忘了吃饭。在吸收西方绘画技巧后，他更是创出了自己的风格，擅长人物山水花鸟，尤以画马突出，自成一家。他一生爱马如命，画马有神。17岁时，徐悲鸿在上海卖画、求学。他面世的第一幅作品是马，第一幅公开发表的作品也是马，第一次得到名家称赞的画还是马。更有趣的是，他与比自己年长37岁的著名维新学者康有为成为忘年之交，也是因为画马。

有一天，在上海的徐悲鸿从康有为处了解到，犹太人哈同虽是个外国人，但崇拜中国的孔子和仓颉。哈同在上海创办了仓圣明智大学，聘请康有为、王国维等有名望的老先生任教。这次学校特意征集仓颉画像，待遇优厚。徐悲鸿有心应征，但又怕画不出什么名堂来，心下很是犹豫。康有为看在眼里，说："马最难画，因为人人都见过马；鬼最易画，就因为没见过。仓颉是神，有谁见过呢？"

徐悲鸿内心为之一动。于是，他根据自己对这个古代传说人物的理解，展开想象的羽翼，画了一幅"四目仓颉"，把仓颉描绘成一位大智大勇的四目灵光的神人前去应征。教授们看后都很称赞。这样，徐悲鸿就被优待住进了哈同花园。在此，他结识了王国维、蒋梅笙等先生并成了他们的座上宾。

苏帅布琼尼求赠《奔马》图

1934年春，徐悲鸿赴欧洲举办个人画展，"在欧洲各国一路挂过去"。在莫斯科国立博物馆展出时，前苏联对外文化局局长阿洛赛夫向徐悲鸿请求：在国家博物馆画展揭幕式上，请为观众作一次画马的现场表演。徐欣然同意。开幕那天，盛况空前，观众把展厅挤得水泄不通，前苏联著名骑兵元帅布琼尼也兴致勃勃地赶来观看。布琼尼半生驰骋疆场，为国家屡立奇功，素来爱马成癖，加上早闻徐悲鸿画马专家的大名，更是逸兴飞扬。他挤在观众群内，全神贯注地看着徐悲鸿用中国特有的宣纸和笔墨当场作画。只见徐悲鸿从容吮笔理纸，行笔走墨，片刻，一神形兼备、势若游龙的奔马跃然纸上。观众为徐悲鸿的绝艺所倾倒，整个艺术大厅爆发出一阵雷鸣般的掌声。"多么奇妙啊！"骑兵元帅布琼尼更是激动得无法控制自己的感情。他兴奋地拨开他前面的观众，疾步走到徐悲鸿面前，举手向他敬了一个军礼，然后恳求说："徐先生，请您把这匹马送给我吧，否则，我会发疯的！"徐悲鸿被布琼尼诚恳而又幽默的话逗笑了，点头答应并落款签章，将《奔马》图赠给了布琼尼。

布琼尼像打了胜仗一样欢喜，他和徐悲鸿热烈拥抱并大声称赞道："徐先生，你不仅是东方的一支神笔，也是世界的一支神笔！你笔下的奔马，比我所骑过的那些战马更加奔放，更加健美！"眼前的这一幕，使人记起杜甫的咏马名句"所向无空阔，真堪托死生"。布琼尼戎马半生，向来把驮着他纵横驰骋、历地过都的战马当做勇敢的将士、侠义的豪杰和忠实的朋友。更何况徐悲鸿画奔马，再现了布氏心中"可托生死"的忠勇形象，极大地满足了他的心理渴求，引起他无限的遐思和想象。此时徐悲鸿手中的笔，早已幻化成布氏心中的一支笔。这不很形象地说明徐悲鸿艺术的巨大感染力。

画马大师以马为师画马如神

在法国巴黎和德国柏林学习时，徐悲鸿除进行素描的严格练习外，便是到动物园倾注满腔心血地"看马"，和马交知心朋友。他对马的习性、动态做了长期观察，对马的肌肉、骨骼做了精心研究，并画了大量速写，牢牢地打下了画马的基础。但徐悲鸿画马真正成熟，还是1940年访问印度以后，他在印讲学，借机游历了长吉岭和克什米尔等出产良马的地方，在那里，他看到了许多罕见的骏马，它们高头、长眼、宽胸、皮毛似缎一样闪光。它们奔放有力，却不让人畏惧，毫无凶暴之相；它们康健优美而柔顺，却不任人随意欺凌，并不怯懦。在他心中，这些马胜似一件件美不胜收的艺术品。他经常骑着这些骏马远游，借与骏马的朝夕相处的机会，进一步熟悉马的性格，以至成为马的知交。这时，他已"胸有成马"，画起来挥洒自如，意到笔到，水到渠成。徐悲鸿画马的步骤也很特殊，他在确定立意与马的大体动态之后，迅速大笔纵写飞扬的鬃毛和马尾，再根据鬃、尾的形态与动势画马头、马身和马腿，而画马蹄却极为慎重、仔细，谓之如画人之手足，易于失误。就在这笔落蹄成之时，一匹骏马开始了奋蹄扬鬃的奔驰。这种独特的画马步骤，奔放与精细的结合，体现了他向来尊崇的"致广大而尽精微"的创作风格。

值得一提的是他解放前的"马作"，虽然形神兼备，但大多瘦骨嶙峋，使人想起李贺的诗句"向前敲瘦骨，犹自带铜声"的寓意：尽管境遇恶劣，被折腾得不成样子，却仍然骨带铜声，挑战恶势力。他画马，不过是婉曲地表达出郁积心中的怨愤之情。于技法，则是以虚写虚，化虚为实，通过画面，创作出物我两契的深远意境。较之后来，马的形态也略有变化，这说明画家在不同的社会环境里心情也各不同；在不同的心境里，画风也有所不同，有所发展。徐悲鸿的技艺更臻成熟了。

1978年，我国发行了一套徐悲鸿生前所画11幅国画《奔马》的特种邮票。这些邮票上的奔马，神态奇异纷呈，几乎可以从它们身上找到奔驰的诗韵，仿佛能听到它们苍凉的嘶鸣。

1949年新中国成立后，徐悲鸿任中央美术学院院长，全国美协主席。此时，他挥毫为新生的祖国画了一幅题为《奔向太阳》的奔马。抗美援朝时期，他为鼓舞志愿军战士画了"奔马"，并附亲笔慰问信，以示祝福。1953年9月，徐因劳累过度，病逝于北京。就在这年上半年，他画了两幅极有历史意义和艺术价值的"奔马"，一幅献给毛主席，题为"百载沉疴终自起，首之瞻处即光明"，另一幅题为"山河百战归民主，铲尽崎岖大道平"。表达了他对共产党的无限热爱之情。

徐悲鸿画作赏析

在中国现代绘画史上，徐悲鸿的马独步画坛，无人能与之相颉颃。在他个人的艺术成就中，也以画马的成就最为卓著。他一生致力于国画的改革，而体现他国画改革最高成就的就是他的国画奔马。他非常注重写生，关于马的写生画稿不下千幅，学过马的解剖。对马的骨骼、肌肉、组织了如指掌，同时，他还熟悉马的性格脾气。在技法上，他以中国的水墨为主要表现手段，又参用西方的透视法、解剖法等，逼真生动地描绘了马的飒爽英姿。用笔刚健有力，用墨酣畅淋漓。晕染全部按照马的形体结构而施加，墨色浓淡有致，既表现马的形体，又不影响墨色的韵味。徐悲鸿的马是中西融合的产物，这种融合是极为成功的。

《九方皋图》

《九方皋图》是徐悲鸿的代表作之一，取材于《列子》。

春秋时期，有个姓九方名皋的人，很有识马的本领。

　　一天，秦穆公要求以相马闻名的伯乐，在自己儿孙中找一个继承人。伯乐对穆公说，自己儿孙中没有合适的人，他推荐自己的朋友九方皋，他向穆公说，九方皋虽然是个挑柴卖菜的农夫，但识马的本领不比自己差。秦穆公便叫九方皋去物色一匹千里马。

　　九方皋跑了许多地方，花了整整三个月，看了无数的马，最后，才找到一匹中意的黑色雌马，带来见穆公。

　　穆公问他："你找到的马是什么颜色的啊?"

九方皋答道："黄色。"

穆公又问："是雄马还是雌马？"

九方皋答："雄马。"

穆公让人把马牵来，却是一匹黑色的雌马，不禁大失所望。

穆公对一边的伯乐埋怨道："九方皋这个人，连马的颜色和雌雄都不能辨认，怎么还会懂得马的好坏呢？"

伯乐告诉穆公：九方皋在观察马的时候，是见其精而忘其粗，重其内而忘其外，应该看见的他会看见，而无关大碍的那些细节，他是视而不见的。九方皋观察马所注重的，不是马的皮毛外貌，而是马的内在素质。

秦穆公听了，让人试一下这匹黑色雌马的速度耐力，果然是一匹世间罕见的千里马。

徐悲鸿的这幅《九方皋图》，极其生动地塑造了九方皋朴实智慧的形象。

土红色的山坡上，在马群中间，一位马夫牵着一匹黑色骏马走来。九方皋稍举头，嘴微张，挺直腰板，伸出右手，目光炯炯注视着面前出现的这匹马，他像是被深深打动了，终于找到了一匹好马。

此画作于1931年，是徐悲鸿的早期作品，用的也是他较早的画法。与其他徐悲鸿大量的画马作品相比，此画上的马有一个特殊处，其他徐悲鸿的马都是奔放不羁的野马，从来不戴鞍辔，唯独这幅画中的这匹黑色雌马，却例外地戴上了缰辔。有人问其原因，徐悲鸿答道："马也和人一样，愿为知己者用，不愿为昏庸者制。"于此，也可以看出徐悲鸿将此典故作画的用意所在。

《奔马图》

从这幅画的题跋上看，此《奔马图》作于1941年秋季第二次长沙会战期间。此时，抗日战争正处于敌我力量相持阶段，日军想在发动太平洋战争之前彻底打败中国，使国民党政府俯首称臣，故而他们倾尽全力屡次发动长沙会战，企图打通南北交通之咽喉——重庆。二次会战中我方一度失利，长沙为日寇所占，正在马来西亚槟榔屿办艺展募捐的徐悲鸿听闻国难当头，心急如焚。他连夜画出《奔马图》以抒发自己的忧急之情。

dan qing shu zhuang zhi yi sheng ao gu cun

丹青书壮志 一生傲骨存

——著名画家徐悲鸿

在此幅画中，徐悲鸿运用饱醮奔放的墨色勾勒头、颈、胸、腿等大转折部位，并以毛笔扫出鬃尾，使浓淡干湿的变化浑然天成。马腿的直线细劲有力，犹如钢刀，力透纸背，而腹部、臀部及鬃尾的弧线很有弹性，富于动感。整体上看，画面前大后小，透视感较强，前伸的双腿和马头有很强的冲击力，似乎要冲破画面。

《群马图》

此幅《群马图》作于1940年，徐悲鸿当时正旅居印度，他从报上得知中国军队在鄂北痛击了日本侵略者，喜不自禁，乘兴挥毫，写下这幅逸兴遄飞的佳作。在图中左上侧，他自题曰："昔有狂人为诗云：一得从千虑，狂愚辄自夸，以为真不恶，古人莫之加"。借这幅奔马图，他抒发了自己对国家、对民族的明天满怀的希望以反对抗日战争必胜的信念。托物言志是他绘画的一大特色。画上钤印两方，一为"东海王孙"；一为"恨鸿鸣而不惑"。

《八骏图》

徐悲鸿《八骏图》中马的品种：蒙古马，哈萨克马，河曲马，云南马，三河马，伊俐马，千里马，汗血宝马。

马的名字：一个叫绝地，足不践土，脚不落地，可以腾空而飞；一个叫翻羽，可以跑得比飞鸟还快；一个叫奔菁，夜行万里；一个叫超影，可以追着太阳飞奔；一个叫逾辉，马毛的色彩灿烂无比，光芒四射；一个叫超光，一个马身十个影子；一个叫腾雾，驾着云雾而飞奔；一个叫挟翼，身上长有翅膀，像大鹏一样展翅翱翔九万里。

《田横五百士》

这幅《田横五百士》是徐悲鸿的成名大作。故事出自《史记·田儋列传》。田横是秦末齐国旧王族，继田儋之后为齐王。刘邦消灭群雄后，田横和他的五百壮士逃亡到一个海岛上。刘邦听说田横深得人心，恐日后有患，所以派使者赦田横的罪，召他回来。《史记·田儋列传》原文这样记载："……乃复使使持节具告以诏商状，曰：'田横来，大者王，小者乃侯耳；不来，且举兵加诛焉。'田横乃与其客二人乘传诣洛阳。……未至三十里，至尸乡厩置，横谢使者曰：'人臣见天子当洗沐。'止留，谓其客曰：'横始与汉王俱南面称孤，今汉王为天子，而横乃为亡虏，北面事之，其耻固已甚矣。……'遂自刭。……五百人在海中，使使召之。至则闻田横死，亦皆自杀，于是乃知田横兄弟能得士也。"文末司马迁感慨地写道："田横之高节，宾客慕义而从横死，岂非至贤。余因而列焉。不无善画者，莫能图，何哉！"可见徐悲鸿作此画是受太史公的感召。

正是有感于田横等人"富贵不能淫，威武不能屈的高节"，画家着意选取了田横与五百壮士惜别的戏剧性场景来表现。这幅巨大的历史画渗透着一种悲壮的气概，撼人心魄。画中把穿绯红衣袍的田横置于右边作拱手诀别状，他昂首挺胸，表情严肃，眼望苍天，似乎对茫茫天地发出诘问，横贯画幅三分之二的人物组群，则以密集的阵形传达出群众的合力。

人群右下角有一老妪和少妇拥着幼小的女孩仰视田横，眼神满含哀婉凄凉，其雕塑般的体积，金字塔般的构架无疑使我们想起普桑、大卫的绘画。普桑喜用的红、黄、蓝三原色亦在徐悲鸿的画面中占主导地位，突出了田横与青年壮士之间的对答交流。背影衬以明朗素净的天空，给人以澄澈肃穆的感觉。"高贵的单纯，静穆的伟大"正是德国古典美学家温克尔曼所提倡的艺术格调。

欣赏徐悲鸿的画时，会发觉画中人物伸展的手臂、踮起的脚尖、前跨的腿、支立着的木棍、阴森锋利的长剑构成了一种画面节奏，寓动于静，透出一种英雄主义气概。在当时流行现代主义艺术之风的中国，徐悲鸿坚持关注生活、关注社会的现实主义立场，借历史画来表达他对社会正义的呼唤，这些犹如黑夜中的闪电划亮天际，透出黎明的曙光。

印 度 故 事

1940年初，徐悲鸿应印度文豪泰戈尔的邀请，前往加尔各答国际大学美术学院讲学。他受到该学院院长、印度著名画家南达拉尔·鲍斯的热情接待，并为他在讲学和生活上作了周到安排。

他在讲学之余，经常与60岁才开始从画的泰戈尔切磋画艺，或伏案挥毫作画。为了捕捉印度特有的景物，他常常漫步在校园附近的乡间小道上，一旦发现激起他灵感的情景，便立即停步，坐在一块青石板上，或蹲在草地上开始写生，先勾画草图，回屋后泼墨成画。当时画出的田间、农庄的水牛千姿百态，栩栩如生。有群牛在阳光下懒散地反刍或打盹，有睡眼惺忪的水牛躺卧在水中，露出半截身子。他还画有印度各种缤纷夺目的花卉，艳丽玲珑的小鸟。这些翎毛花卉笔法自然，刻意创新，具有浓厚的异国风韵。

徐悲鸿为了领略印度乡土风情，他曾长途跋涉至东北丛山峻岭中的大吉岭城，漫游在北方辽阔的大平原上，骑马驰骋于风光旖旎的克什米尔。那里变幻莫测的景物，激发了徐悲鸿的创作热情，他在大吉岭画出了不朽的《愚公移山》及多幅群山中的密林素描。

当他北望清晰可见的巍峨喜马拉雅山时，劲笔画成《喜马拉雅山》、《喜马拉雅之山林》国画和《喜马拉雅山之晨雾》油画。他在佛教圣地鹿野苑画出了佛陀涅槃、佛教遗址和古迹素描。在北方邦画成了恒河景色。克什米尔的骏马，使他赞叹不已，通过对马的细致观察，领悟到马的骁勇、驯良和忠实的性格，使他此后笔下的"奔马"更有光彩。

徐悲鸿在印度积极参加社会活动。他经常出席各种文艺演出，特别热爱泰戈尔主创的歌舞剧及民间舞蹈。他虽然听不懂孟加拉语和其他地方语的歌词，但仍竭力吸收印度各民族的文化。画展对他更有吸引力，总是热情地应邀出席印度画家的画展。他参加社交活动或出外旅游时，都会与当地群众交友攀谈，细心观察他们的生活和当地风土人情，从中汲取绘画素材，此后画出了多幅印度妇女、男子、乐师和美术学院师生的速写，并为泰戈尔画了10多幅素描、油画和中国画。

1940年2月，为争取印度独立而奔波的圣雄甘地来到国际大学，泰戈尔将徐悲鸿引见给甘地，在匆匆的会见中，他为甘地画了一幅速写，甘地看后十分高兴，并在画上签了名。当时泰戈尔向甘地建议，在印度举办徐悲鸿画展，立即得到甘地的赞许。此后，在加尔各答市及国际大学相继举办了两次徐悲鸿画展，泰戈尔亲自为此画展写了序言。

徐悲鸿还广交印度朋友，热情地接待每个来访者。在他的相识中，有一位挚友名叫苏蒂·森，是在美国定居的经济学家。森在回忆起昔日与徐悲鸿友好相处的情景时，仰制不住内心的激动和兴奋。森说，他第一次在中国学院拜访徐悲鸿时，受到主人醇香中国茶的款待。

当时徐悲鸿给自己的印象是，他虽已是44岁的中年，但外表仍很年轻，满头乌黑秀发，清秀的脸上不时露出会心的微笑。森赞扬徐悲鸿平易近人，对人总是笑脸相迎，与周围所有的人都友好相处。他既矜持又坦率，思想丰富又喜爱沉思，使人感到他外表冷静而内心沸腾，对绘画艺术有执著追求和刻苦精神。森称赞徐悲鸿讲一口流利的英语和法语，并对欧洲文化十分熟悉。他们曾相互谈起各自在欧洲的经历，以及巴黎的罗浮宫、达·芬奇的《最后的晚餐》名画等。

森自豪地说，自己至今珍藏着徐悲鸿的一幅奔马图，当抬头看到挂在书房墙上的那幅骏马图，就增添了无穷的力量，也回忆起与画家的深厚情谊。当森听说，北京建有徐悲鸿纪念馆时，他无比兴奋，并说希望在有生之年能参观这座艺术殿堂，拜会徐悲鸿夫人廖静文，以重温他们昔日的友情。

1940年11月，徐悲鸿结束了旅印讲学。当他临行前向躺在病榻上的泰戈尔告别时，泰戈尔恳求徐悲鸿为自己选画。他满足了泰戈尔的愿望，与南达拉尔·鲍斯一起，花费了两天时间，从泰戈尔的2 000多幅绘画中选出了300幅精品。泰戈尔对此十分满意和欣慰。不料，这次见面竟成了他们的最后诀别。徐悲鸿抵达新加坡后，听到泰戈尔病逝的噩耗，万分悲痛。

新中国成立后，随着中印两国人民友好往来增多，文化交流日益频繁，曾与徐悲鸿相识的印度朋友，更加怀念徐悲鸿及其艺术成就。1985年11月，"徐悲鸿画展"应邀在新德里、加尔各答、孟买及国际大学等地展出。徐悲鸿夫人廖静文随展前往印度，参加了新德里的开幕式，并专程访问了徐悲鸿曾经工作和生活过的地方。徐悲鸿的画展在各地受到热烈欢迎，参观者在留言簿上写满了热情的颂扬赞词。当时的印度总理拉·甘地还携全家观看了画展，他对徐悲鸿的高超画艺及其对印中文化交流所做的贡献，给予了高度评价。

历 史 成 就

可以这么说，徐悲鸿的艺术不论是在中国画坛上，还是在美术教育里，均稳稳地占据着最崇高的一个席位。他的艺术产生在20世纪上半叶，对中国当代艺术进程的发展，起到了决定性的作用。

徐悲鸿是发展当代中国画艺术的先驱，也是现实主义教育最伟大的先锋，特别是在将西方艺术的思想、技巧引入20世纪中国时尤其如此。他摸索出一套全新的技巧，使中国绘画的技术改革突飞猛进了一大步。对中国当代艺术运动的革新、发展和继承都起着重要的作用。

自晋代起，中国画以其纯正的东方神韵走过了一千多年的历史，经历着历史的苍桑和历史的变革，直至清代各门各派已几经辉煌，然而正是这种辉煌，掩盖了另一种现象，即中国画的"模式"问题。这已是渐将形成而阻碍中国画发展的屏障。但在一些人看来，中国画仍是举世无双、不可比拟的。因而沾沾自喜，引以为自豪。又有一些人认为，中国画的辉煌已经走到了尽头。正在这个时候，徐悲鸿把以"素描为基准"的造型手段引入了中国画，提出"素描为一切

造型艺术之基础"和传统的以"临写古人笔法为基础"的两种观念共存。这在当时是徐悲鸿美术思想的独到之处。这是继明代"南北宗论"后最有实质性的理论，也是中国画形式变化的根本。它赋予了中国画新的有生命力的形体。在这个理论的指导下，中国画发生了一些根本的变化。可以说是在中国绘画史上，影响了一代画家，改变了从当时直至现在的一代画风，更可以说是丰富了中国画的历史。其历史功绩是巨大的。现有的评价都是不能为徐悲鸿的历史成就和贡献定位的。徐悲鸿不仅是把久已沉寂失去生命的中国绘画，带到一个新的境界，而且是把西洋绘画介绍到中国来的先驱。他不仅继承了中国传统绘画水墨与纸性的奥妙技法，更吸收欧洲绘画的科学精神，而融合了他自己壮阔豪放的性格，产生了今日他的新中国画。他的伟大功绩还远不止如此：他是将西方美术传播到中国的先驱者，是中国近代美术之父。他造就了一个时代的美术人才，促进了一个时代的美术繁荣。他有主见、有选择、有批判地吸收了东西方美术的精华，摒弃了西方现代诸流派之糟粕，选择了实用于我们的现实主义画派和中国画的水墨相结合，成功地刷新了中国画的面貌。

徐悲鸿由欧洲返回国内时，当时国内正是艺术思想十分混乱的时候。堕落的资产阶级艺术跟随着帝国主义列强的侵略来到中国。中国画坛确难免受其影响。徐悲鸿首先奋起反抗，他笃守着一个艺术家应有的正义感。以他坚卓的人格、踏实的功夫，以现实主义的态度开创了一代新的画风，起到了"补虚振弱"、"挽救颓势"的作用。自徐悲鸿大师提出以"素描为基础"的理论之时，实际上是给当时的中国画艺术注入新生命的动力源。此后在各大学招收新生、新生考试、教学、创作等方面十分注重以素描为造型基础，从此，中国画的面貌发生了很大的变化。

过去有一种见解认为徐悲鸿把以素描为基础的造型手段引入中国画，阻碍了中国画的发展，殊不知这恰恰是在中国画艺术处于混乱之时以及在中国画走到辉煌之"尽头"之前，赋予它的再一次辉煌并一直辉煌到今天，为中国画的再发展奠定了坚实的基础。这在我们今天的画坛上恐怕连这一点"阻碍"是不可能觅见的。

徐悲鸿的水墨画意境或许比不上任伯年与齐白石，但徐悲鸿的画却更令人感受到新时代的脉搏。因此徐悲鸿的水墨画是具有时代意义的创举，在正统的承续上，他没有清末民初诸大家的'纯'，但他的作品对后代却更富开拓的启发性。仅此一点，就足以使他

的艺术占据近代中国画史承前启后的一个显著阶层。

到目前为止，我们还没有明确地看到比徐悲鸿更好的，能站在发展中国自己绘画立场上的，能把握住新时代主流的成功的绘画大师的出现。他一生热爱祖国的传统绘画艺术，对中国画、书法和绘画理论都有精深的研究和独创，他将西洋绘画之精华融汇于传统的中国画中，从根本上指出了改造中国画的正确途径。

徐悲鸿大师就是这样一位有思想、肯做学问、能大胆实践的人。他是以令人瞩目的渊博学问和雄才伟略而折服于人的。他是现代中国绘画复兴的鼻祖，是将中国画派和西欧画派融合在一起并达到最高水平的画家。引用吴作人先生的话说："直到今天仍没有人能超过他，唯一的遗憾是，先生去世得太早了"。

中华魂·百部爱国故事丛书
提　要

《誓与禁烟相始终——民族英雄林则徐》

林则徐严禁鸦片，坚决抵抗西方列强的侵略，坚持维护国家主权和民族利益。他是中国近代历史上第一位睁眼看世界的人，是抗击帝国主义殖民侵略的第一人，是中华民族抵御外侮过程中伟大的民族英雄。

《血洒虎门御敌寇——抗英将军关天培》

民族英雄关天培，在第一次鸦片战争中为了抗击英国侵略者的入侵而血洒虎门，为国捐躯，谱写了一曲可歌可泣的英雄赞歌。关天培用他的生命，书写了中国人民反抗外侮的历史。

《威震镇海靖节魂——抗敌英雄裕谦》

在第一次鸦片战争期间的众多牺牲者中，有一位官阶最高，他就是两江总督裕谦。裕谦与外国侵略者斗争立场坚定，与国内妥协派、投降派斗争态度坚决。裕谦督战镇海，与英国侵略军浴血奋战，临危不惧，以身报国，浩气长存。

《斩邪留正解民悬——太平天国领袖洪秀全》

农民出身的洪秀全，从失意文人到起义领袖，经历了长期的思想演变过程，在外敌入侵、清廷腐朽的历史环境之下，顺应时代的潮流，成长为一位非凡的历史英雄人物，建立了与清朝政府相抗衡的农民政权——太平天国。

丹青书壮志　一生傲骨存

dan qing shu zhuang zhi yi sheng ao gu cun

——著名画家徐悲鸿

《仰承汉唐　荟萃中外——近代数学家李善兰》

李善兰是我国19世纪重要的科学家之一，在数学、天文学、力学等方面都有重大建树。他继承了我国古代数学的成就，又以极大的热情传播西方科学文化，"仰承汉唐，荟萃中外"，把自己的一生献给了科学事业。

《严谨治学　勇于探索——近代著名数学家华蘅芳》

华蘅芳，中国近代数学家之一。其精通中国古算学，并熟练掌握西方近代数学，是中国验证抛物线并著书立说的参与者。为了证明"外国有的，中国也能造"而鞠躬尽瘁，在引进西方科学技术、传播科学知识上贡献卓著。

《折冲樽俎护山河——近代著名外交家曾纪泽》

曾纪泽是中国近代史上著名的爱国外交家，在中俄伊犁交涉事件中，他秉承抵抗列强、保卫国家的坚定意志，利用外交手段全力同沙俄抗争，捍卫了国家主权、民族尊严，收回了祖国的领土，在近代中国外交史上留下了光辉的一页。

《甲午海战留英名——民族英雄邓世昌》

邓世昌，北洋水师名将。本书以邓世昌的成长过程为线索，以代表性的历史故事为主要内容，还原真实的历史事件，突出鲜明的人物性格。邓世昌因在中日甲午海战中突出的英雄气概而名垂史册，书写了伟大的爱国主义篇章。

《誓与舰队共存亡——北洋水师提督丁汝昌》

丁汝昌处在清政府的腐朽和李鸿章的专断下，难以施展爱国的抱负，壮志未酬，愤恨而终。但丁汝昌为建立近代海军作出的巨大贡献，带领北洋舰队爱国官兵勇抗强敌的英雄事迹，将永远为后代所传颂。

《镇南关上凯歌扬——抗法老英雄冯子材》

1885年中法战争中，年逾古稀的冯子材为抵御外国侵略，勇赴国难，大败法军于镇南关，并乘胜追击，接连收复文渊、谅山等地，从根本上扭转了中法战争的局面，成为近代民族英雄的杰出代表。

《屡败法军逞英豪——黑旗军将领刘永福》

刘永福是黑旗军的创建者，是农民出身的杰出军事家、政治活动家。在19世纪发生的援越抗法、中法战争中，他率部与帝国主义侵略者进行了殊死的战斗，建立了卓越的功勋，成为我国近代史上著名的民族英雄，为后世所景仰。

《矢志变法强国家——戊戌变法领袖康有为》

康有为是清末民初最有影响力的思想家之一。他领导了中国知识界的启蒙运动，掀起了一场自上而下的政体改革。他最早在中国提出了立宪政体和具体的宪政方案，主张在坚持儒家传统和帝制的前提下，学习西方经验，他的进步思想对近代中国具有深远的影响。

《开民智以报国 普新知而图强——戊戌变法思想家梁启超》

梁启超，中国近代史上著名的政治活动家、启蒙思想家、史学家、文学家，戊戌变法领袖之一。本书以百日维新思想家梁启超的成长过程为线索，以代表性的历史故事为主要内容，还原真实的历史事件，突出鲜明的人物性格。

《我自横刀向天笑——维新志士谭嗣同》

谭嗣同在民族危机的严重时刻，投身改革救中国的洪流。为了带给祖国一个光明的未来，紧要关头，他挺身而出，用自己的鲜血激励后人，把宝贵的生命献给了变法事业。

《睡乡敢遣警世钟——用生命警策国人的陈天华》

陈天华是民主革命的活动家和宣传家。他写的《猛回头》、《警世钟》等书，起到了革命启蒙的重大作用。为了激发留日学生的爱国情怀，他不惜投海自杀，演出了近代史上感人至深的一幕，给后人留下了难忘的印象。

《革命军中马前卒——民主斗士邹容》

革命乃"至尊极高，独一无二，伟大绝伦之一目的"；它是"天演之公例，世界之公理，顺乎天而应乎人"的伟大行动。因此，必须"仗义群兴革命军"。他激情高呼："革命独子万岁！中华共和国万岁！"这就是《革命军》的作者，中国近代著名资产阶级革命宣传家邹容。

《休言女子非英物——鉴湖女侠秋瑾》

为民族解放和妇女解放而英勇斗争的秋瑾，冲破封建礼教的思想牢笼，打碎封建精神枷锁，崇仰真理，追求光明，主张共和，坚持男女平等，最终献出了自己年轻的生命。

《血溅校场　杀身成仁——民主斗士徐锡麟》

本书讲述了反清志士徐锡麟弃文从武、投身反清革命事业，最终被清政府杀害的故事。出于对国家的热爱，徐锡麟献出自己的生命，他的事迹将永远激励后人深切缅怀这位民主革命的先驱。

《生可死耳　我志长存——献身民主的禹之谟》

禹之谟，民主革命党人，同盟会会员，近代资产阶级革命家、实业家。1886年，20岁的禹之谟"提三尺剑，挟一卷书"游历四方，研究西方社会政治学说，爱国忧民之心日趋强烈。戊戌变法失败，他丢掉改良幻想，倡革命救亡之说，走上民主革命道路。

《物竞天择　适者生存——资产阶级启蒙思想家严复》

严复是中国近代著名的启蒙思想家、翻译家和教育家。他长期从事教育和翻译事业，为近代中国人才培养和思想启蒙作出了重要贡献，同时他也为中国的翻译事业和中西思想文化交流作出了重要贡献。

《辛亥革命急先锋——资产阶级革命家黄兴》

黄兴，清末民初资产阶级革命家，中华民国开国元勋。黄兴在武昌首义及辛亥革命时期的爱国表现，与孙中山闻名于当时，常被时人以"孙黄"并称。本书以资产阶级革命活动实干家黄兴的成长过程为线索，歌颂了先辈伟大的爱国主义精神。

《为宪法流血的第一人——民主斗士宋教仁》

宋教仁是中国近代史上著名的资产阶级革命家。他怀着对祖国的无限热爱，为在中国建立民主共和制度，实现中国的独立富强而奋斗不息，直至被刺身亡。在推翻清朝腐败统治，结束延续几千年封建君主专制，缔造民主共和国方面，立下了不朽功勋。

《矢志革命　百折不回——近代民主革命家廖仲恺》

廖仲恺追随孙中山踏上了创立民国与捍卫共和制的旧民主主义革命之路；在新民主主义革命时期，他为建立、巩固首次国共合作和实施三大政策，英勇奋斗，为国殉职，洒尽了一腔热血。

《将军拔剑南天起——护国英雄蔡锷》

蔡锷是中国近代史上的杰出军事家、爱国者。他的一生短暂而伟大。辛亥革命爆发，他毅然投身于革命洪流之中，领导云南重九起义，对武昌起义积极响应。袁世凯窃国复辟、恢复帝制的阴谋暴露出来以后，他又毅然举起了武装讨袁的旗帜。

《反帝反封建运动——五四青年的爱国故事》

"五四运动"是一次伟大的反帝反封建的爱国运动；是一个伟大的历史转折点；是中国人民的斗争从挫折走向胜利的一个关节点，它为中国的前进开辟了一条全新的道路，拉开了中国新民主主义革命的序幕。

《思想自由　兼容并包——著名教育家蔡元培》

蔡元培是中国近现代著名的民主革命家和教育家，一生经历风雨，却始终信守爱国和民主的政治理念，致力于废除封建主义的教育制度，奠定了我国新式教育制度的基础，为我国教育、文化、科学事业的发展作出了富有开创性的贡献。

《为国家争光　为民族争气——中国铁路之父詹天佑》

詹天佑是我国最早的杰出铁道工程师，因主持建造京张铁路而闻名中外，被誉为"中国铁路之父"。他为祖国的铁路事业贡献了毕生的精力。本书向读者展示了詹天佑热爱祖国、科技兴国的辉煌人生。

《实业救国　衣被天下——轻工之父张謇》

张謇是爱国实业家、教育家。他年轻时中过状元。过了40岁，开始投身工商实业活动中，他的名言是"富民强国之本在于工"。在南通，创办大生丝厂、银行等各种实业。并将创办实业的大部分所得投入教育。他的观点是，教育和实业一样，也是"富强之大本"。

——著名画家徐悲鸿
丹青书壮志　一生傲骨存
dan qing shu zhuang zhi yi sheng ao gu cun

《心向革命　追求光明——平民将军冯玉祥》

冯玉祥将军"是一位从旧军人转变而成的坚定的民主主义战士"。抗日战争期间，他辗转各地，用实际行动积极抗战。日本战败投降后，他为了断绝美国的援蒋内战，又在美国四处演说，揭露蒋介石统治之黑暗，痛斥美国阴谋分裂中国的不良行为。

《刑场上的婚礼——革命烈士周文雍　陈铁军》

周文雍是广州起义的主要领导人之一。陈铁军出身于华侨商人家庭，却毅然投身革命洪流。1928年1月，两人接受派遣，回到广州假扮夫妻从事革命斗争，却不幸被捕。临刑前，两位烈士将敌人的枪声当做自己婚礼的礼炮，用生命和爱情谱写出一曲千古绝唱。

《星星之火　可以燎原——井冈山斗争的故事》

1927-1929年，毛泽东、朱德等老一辈革命家，在井冈山创建了农村革命根据地，进行了艰苦卓绝的斗争，建立了新型革命武装，点燃了工农武装革命之火，找到了农村包围城市最后夺取政权的中国革命的正确道路。

《新民学会的主要发起人——中国共产党早期革命家蔡和森》

蔡和森青年时期曾与毛泽东等人一起组织进步团体新民学会，参加五四运动，并在赴法国勤工俭学时研读大量马克思主义著作，回国后以满腔热忱投身革命事业，成为中国共产党早期重要的理论家和宣传家。

《威震黄浦江畔　高奏抗日壮歌——一·二八淞沪抗战》

面对日本侵略者的挑衅，十九路军在蒋光鼐、蔡廷锴的带领下，高举义旗，奋力一搏。一·二八淞沪抗战，是中国军人捍卫军人荣誉和祖国尊严所发出的吼声，谱写了一曲抗击日军侵略的英雄壮歌。

《将军恨不抗日死——慷慨就义的吉鸿昌》

在国难深重的20世纪30年代，吉鸿昌将军因拒绝执行国民党指示，坚决不打内战，被迫携眷出国"考察"。回国后，他加入中国共产党，组织了民众抗日同盟军，英勇打击日本侵略者，后于1934年11月被国民党反动派杀害。

《献身革命　甘于清贫——梅岭忠魂方志敏》

大革命失败后，方志敏凭着两条半步枪起家，身经百战，创建了赣东北革命根据地和红十军。本书真实记录了方志敏投身革命、领导红军和敌人进行艰苦卓绝斗争的经历，歌颂了烈士贫贱不移、威武不屈、献身革命的高尚品质。

《奏响中华最强音——人民音乐家聂耳》

聂耳在他有限的生命中创作了数十首革命歌曲，在抗日救亡运动中，聂耳的这些歌曲产生了广泛深远的影响。他的音乐创作为中国无产阶级革命音乐的发展明确了方向，树立了榜样。

《横眉冷对千夫指——中国文化革命主将鲁迅》

鲁迅不但是伟大的文学家，而且是伟大的思想家和伟大的革命家。在那风雨如晦的黑暗年代里，他以笔为投枪，同一切帝国主义和反动派进行了顽强的战斗，为中国人民树立了一个不朽的丰碑。他是新文化战线上的一面光辉旗帜，是我们伟大民族的灵魂。

《碧血染将天地红——抗日女英雄赵一曼》

五四时期，赵一曼接受了进步思想，背叛了自己的家庭，反抗封建礼教，谋求妇女解放，走上了争取人民解放的道路。赵一曼在东北地区积极投身抗日斗争。在一次战斗中，她不幸被捕，受尽酷刑，大义凛然，视死如归。

《铁流两万五千里——红军长征的故事》

红军长征是人类历史上的一次伟大的壮举。第五次反"围剿"失败后，中国工农红军的三大主力在极端艰难的条件下，突破国民党军队的围追堵截，进行了史无前例的战略大转移，总行程达两万五千里以上。途中发生了许多动人故事，至今令人难以忘怀。

《荣辱不移革命志——创建陕北红军的刘志丹》

刘志丹是杰出的无产阶级革命家、军事家，西北红军和西北革命根据地的主要创始人之一。他一生热爱人民，追求真理，英勇善战，百折不挠，艰苦奋斗，忠心赤胆，为创建红军和革命根据地、为中国人民的解放事业建立了不可磨灭的功勋。

丹青书壮志　一生傲骨存
dan qing shu zhuang zhi yi sheng ao gu cun
——著名画家徐悲鸿

《英名永存北平城——爱国将领佟麟阁　赵登禹》

1937年7月28日，日军向北平郊区发动进攻。第二十九军副军长佟麟阁奉命在南苑率部与日军苦战，腿部受伤，头部又被敌机炸伤，壮烈殉国。第一三二师师长赵登禹指挥部队顽强抵抗日军，右臂中弹负伤，仍继续作战。后在转移途中遭日军截击而牺牲。

《八百壮士　四行仓库铸军魂——谢晋元和他的战友们》

"八一三抗战"，中国军人以血肉之躯揭开全面抗战的帷幕。这是一场血战，是中国军人不屈不挠的英雄诗篇，其中的八百壮士守四行，成为这首英雄颂歌中最动人、最凄美的音符。一曲四行保卫战，铸就了不屈的军魂。

《八女投江　气贯长虹——八位抗联女战士》

抗日战争时期，以冷云为首的东北抗日联军8名女战士，为捍卫民族尊严，面对凶残的日寇，镇定自若，宁死不屈，投江殉国，表现了中华民族同敌人血战到底的英雄气概。她们的光辉形象，激励着千千万万的后来人。

《艰苦抗战　威震敌胆——著名抗日英雄杨靖宇》

杨靖宇将军是我国著名的抗日民族英雄。曾先后担任磐石游击队政治委员、东北抗日联军第一军军长兼政委、抗日联军总司令等职。领导军民对日寇坚持了长达9个年头的艰苦卓绝的斗争，最终以身殉国。

《死也不当亡国奴——镜泊抗日英雄陈翰章》

陈翰章，从1932年8月投笔从戎，直到1940年12月8日为抗击日本侵略者，战死在镜泊湖畔。他在抗日疆场上奋战了9年，他那可歌可泣的英雄事迹将为人们永世传颂。

《名将殉国　气壮山河——抗日将军张自忠》

著名抗日将领、民族英雄张自忠，生于忧患的时代，抱有"宁为百夫长，胜作一书生"的志向，经历过失败与低谷，最终成就了慷慨人生。本书主要以人物活动为主，勾画出一个真正的"民族魂"鲜活的人生，会带给读者振奋的力量。

《宁死不辱战士名——狼牙山五壮士》

1941年日寇在河北易县扫荡。为掩护群众和主力部队撤退，五位八路军战士毅然把敌人引上了狼牙山棋盘坨峰顶绝路。弹尽粮绝、无路可退，五位英雄纵身跳下了万丈悬崖，用生命和鲜血谱写出一曲惊天地泣鬼神的壮举。

《太行浩气传千古——抗日名将左权》

左权，中国工农红军和八路军高级指挥员，著名军事家。是八路军在抗日战场上牺牲的最高指挥员。名将阵亡，太行山为之垂首，全党为之悲痛。周恩来称他"足以为党之模范"，朱德赞誉他是"中国军事界不可多得的人才"。

《虎将兴关外　抗倭统雄师——抗联英雄赵尚志》

本书描写了久经考验的共产党员、东北抗联的创建者和主要领导人赵尚志，在艰苦卓绝的条件下，坚持抗战，威震敌胆，战功卓著，忍辱负重，忠贞不屈，为国捐躯的英雄故事，为青少年读者呈上一部爱国主义的佳作。

《黄埔之英　民族之雄——抗日名将戴安澜》

抗日名将戴安澜，先后参加保定、漕河、台儿庄、武汉、昆仑关等战役，作战英勇，屡建奇功；入缅作战，"扬威国外，藉伸正义"；守东瓜，复棠吉；殒身缅北，遗恨丛林，马革裹尸，成就了光辉的一生。

《爱国志士　民主先锋——新闻出版家邹韬奋》

本书讲述了邹韬奋献身新闻出版事业的奋斗历程，展现了一位新闻工作者坚定的革命信念和炽热的爱国主义精神，全心全意为人民服务、为读者服务的奉献精神，歌颂了他的高尚情操和优良品质。

《为抗战发出怒吼——人民音乐家冼星海》

人民音乐家冼星海，青年时期在巴黎求学，饱尝屈辱与磨难；学成后毅然回到多灾多难的祖国，用满腔热忱谱写激昂的音乐，鼓舞中华儿女的斗志；奔赴延安，谱写出不朽的名作《黄河大合唱》，发出中华民族抗日救亡的怒吼。

丹青书壮志　一生傲骨存
dan qing shu zhuang zhi yi sheng ao gu cun
——著名画家徐悲鸿

《全民皆兵　抗击日寇——抗日战争的故事》

中国人民进行的8年抗战，是一百多年来中国人民反对外敌入侵第一次取得完全胜利的民族解放战争。这场战争是以国共两党合作为基础，有社会各界、各族人民、各民主党派、抗日团体、社会各阶层爱国人士和海外侨胞广泛参加的全民族抗战。

《捧着一颗心来　不带半根草去——人民教育家陶行知》

陶行知是我国现代教育史上伟大的人民教育家、教育思想家。他从青年起就立志献身教育事业，以"捧着一颗心来，不带半根草去"的赤子之忱，为人民的教育事业鞠躬尽瘁。

《为民主与和平拍案而起——民主斗士闻一多》

闻一多早年与梁实秋等人发起成立清华文学社。赴美留学期间由对祖国的深深眷恋而创作著名的《七子之歌》。后在西南联大任教8年，积极投身于抗日运动和争取民主的斗争，发表了著名的《最后一次讲演》。

《铁窗难锁钢铁心——革命先烈王若飞》

王若飞是我党早期杰出的无产阶级革命家。在艰苦卓绝的斗争中，他出生入死，屡建奇功，以超人的睿智和胆略，在敌人的监狱中，同敌人展开了殊死的较量，为抗战的胜利和新中国的诞生作出了卓越的贡献。

《横扫千军　还我河山——抗联名将李兆麟》

李兆麟是东北抗日联军创建人之一，他率领抗日联军历尽千难万险与日本侵略者浴血奋战，在极其艰苦的条件下，保存了抗日联军的有生力量，为东北光复作出了重大贡献。

《锄头开出新天地——解放区大生产运动》

为了解决困难，渡过难关，党中央号召党政军民齐动手，开展大生产运动。中国共产党在其控制区域内发动的一场军队屯田和鼓励生产的群众运动，达到了自己动手丰衣足食，共渡难关，既进行革命又进行生产自足的目的。

《生的伟大　死的光荣——女英雄刘胡兰》

刘胡兰（1932—1947），坚贞不屈的少年女英雄。生前对我国劳动人民的解放事业无限忠诚，在敌人威胁面前，大义凛然，毫无惧色，英勇牺牲，表现了共产党员的高贵品质。

《饿死不领美国救济粮——爱国知识分子的楷模朱自清》

朱自清作为爱国知识分子的典型，以锐利的笔锋直言痛斥反动政府的暴行，体现了他崇高的爱国情怀和不畏恶势力的精神品格。毛泽东曾给朱自清先生以高度评价："一身重病，宁可饿死，不领美国的'救济粮'"，"表现了我们民族的英雄气概"。

《为了新中国　前进——舍身炸碉堡的董存瑞》

伟大的英雄，中国人民的儿子董存瑞，从儿童团长成长为一名光荣的解放军战士，在1948年解放隆化县城时，舍身炸碉堡，为新中国献出了自己年轻的生命。他的英雄形象永远留在人民心里。

《宁死不屈的共产党员——革命烈士江竹筠》

江竹筠，就是著名的江姐。1947年春，她负责《挺进报》工作，只几个月的时间，报纸就发行到1600多份，引起了敌人的极大恐慌。由于叛徒出卖，江姐不幸被捕，惨遭毒刑的残酷折磨，仍坚贞不屈。最后被特务秘密枪杀，年仅29岁。

《抗美援朝　保家卫国——志愿军的战斗故事》

抗美援朝战争是中国人民志愿军为援助朝鲜人民、保卫祖国安全，与美国为首的"联合国军"发生的战争。在朝鲜牺牲的十几万名志愿军烈士，他们英勇的战斗事迹、保家卫国的精神值得我们发扬光大。

《上甘岭上壮烈歌——黄继光和他的战友们》

在1952年10月的上甘岭战役中，黄继光和他的战友们在零号阵地半山腰被敌机枪火力点压制，此时，黄继光身上已经多处负伤，手雷也已全部用光。为了完成任务，减少战友的伤亡，他用自己的胸膛堵住正在扫射的敌机枪射孔，为反击部队扫清了前进的道路。

《丹青书壮志　一生傲骨存——著名画家徐悲鸿》

在现代中国美术教育史上，徐悲鸿是兼采中西艺术之长的现代绘画大师，前驱式的美术教育家。作为中国现代美术的奠基人，在抗战的日子里，徐悲鸿用自己独特的方式支持了中国革命事业，培养了一大批美术人才。

《诗书印画　全入神品——国画大师齐白石》

齐白石出身贫寒，做过农活，当过木匠，后改学雕花木工，从民间画工入手，摹古人真迹，学诗文书法，融汇古今，而诗、书、印、画俱佳；他将中国画的精神与时代的精神统一得完美无瑕，使中国画得到国际的重视，无愧于"国画大师"的称号。

《毕生为文化而奋斗——中国第一出版家张元济》

张元济参与、主持和督导商务印书馆近六十年，使其从简单的印刷企业转变为当时中国教育出版的旗帜。张元济一生爱书，在中华大地动荡不安的年代里，他用自己对文化的热爱，续存着中华民族灿烂悠久的文明之光。

《独树一帜　梨园大师——著名京剧表演艺术家梅兰芳》

梅兰芳，京剧大师，演唱风格独树一帜，世称"梅派"。曾先后赴日本、美国、苏联演出，并荣获美国波摩那学院和南加州大学的荣誉文学博士学位。作为一位爱国者，抗战期间蓄须明志，拒绝为日本人演出，为后世称颂。

《华侨旗帜　民族光辉——爱国侨领陈嘉庚》

陈嘉庚是著名的爱国华侨领袖、企业家、教育家、慈善家、社会活动家。他为辛亥革命、民族教育、抗日战争、解放战争、新中国的建设作出了卓越的贡献。生前被毛泽东誉为"华侨旗帜、民族光辉"。

《向雷锋同志学习——伟大的共产主义战士雷锋》

雷锋，一个平凡而伟大的共产主义战士，一心向着党，一生秉承着全心全意为人民服务、无私奉献的崇高思想；发扬刻苦学习和钻研理论的"钉子"精神；坚持勤俭节约、艰苦奋斗的优良作风。毛泽东为其题词："向雷锋同志学习"。

《人民的好公仆——县委书记的好榜样焦裕禄》

焦裕禄，被誉为县委书记的好榜样。他用自己的革命精神，展开了与大自然、与社会落后现象、与病魔的多重抗争，让我们领略到一个共产党人的生之伟大、死之壮美的人格品质和具有现实教育意义的精神魅力。

《文学巨匠 京味大师——人民作家老舍》

老舍是我国现代小说家、文学家、戏剧家。他用融入骨髓的真诚文字反映生活的喜怒哀乐。老舍的一生，总是在忘我地工作，他是文艺界当之无愧的"劳动模范"，生前被北京市人民政府授予"人民艺术家"的称号。

《革命老人——无产阶级教育家徐特立》

徐特立是一代伟人毛泽东的老师。他出生在贫苦家庭，大部分时间生活在动荡艰苦的年代；他刻苦勤奋，不畏艰辛，追求光明，一生勤俭，为革命培养了大量的人才；他对党和人民任劳任怨，鞠躬尽瘁。他坎坷奋斗的一生，留下了许多可歌可泣的故事。

《人生能有几回搏——新中国第一个世界冠军容国团》

容国团先后担任中国乒乓球队运动员、女队主教练。获得1959年男子单打世界冠军；1961年夺得男子团体世界冠军；作为中国女队主教练，1965年率女队第一次夺得女子团体世界冠军。他的"人生能有几回搏"的豪言，举国传诵。

《石油工人一声吼 地球也要抖三抖——铁人王进喜》

王进喜，新中国第一批石油钻探工人。他为祖国石油工业的发展和社会主义建设立下了不朽的功勋，在创造了巨大物质财富的同时，还给我们留下了宝贵的精神财富——铁人精神。他被评为"百年中国十大人物"，写入中华民族的光辉史册。

《做人民需要我做的事——著名地质学家李四光》

李四光是一位伟大的科学家，他一生从事地质学研究工作，足迹遍布祖国的山川，为祖国探明了许多地下宝藏；他创建了崭新的学说——地质力学；他历尽重重困难，为正确认识地质构造开辟了一条新路。

123

——著名画家徐悲鸿

丹青书壮志 一生傲骨存

dan qing shu zhuang zhi yi sheng ao gu cun

《中国化学工业的先驱——著名化学家侯德榜》

为摆脱纯碱需要进口的窘况，20世纪初，怀着"实业救国"梦想的中国化工先驱侯德榜等人创办了永利碱厂，并立志生产出中国人自己的碱。1926年，永利碱厂终于成功地生产出"红三角"牌纯碱，从此中国制碱业得以跨入世界先进行列。

《毕生求是　一丝不苟——著名科学家竺可桢》

著名科学家竺可桢献身科学研究；治学严谨，一丝不苟；一生廉洁，两袖清风；作风民主，爱护学生。他以爱国之心、报国之志，从一个民主主义者逐渐成长为一个共产主义战士。

《热爱自然的大地之子——著名植物学家蔡希陶》

蔡希陶，五十载风雨，五十载坎坷，五十载奋斗，五十载开拓，为了发现对人类生产、生活有用的植物及新物种的引进而作出巨大贡献，在中国的植物资源学史上将永远镌刻着他的名字。

《高洁无私的襟怀——知识分子的楷模蒋筑英》

蒋筑英是中国当代知识分子的先锋典范，他不为名，不为利，尊重科学；他以坚韧的毅力和顽强的作风，在科学的道路上呕心沥血，鞠躬尽瘁，无私地奉献了青春和生命。

124

《迎接新生命的天使——卓越的妇产科专家林巧稚》

林巧稚是国内外享有盛誉的妇产科专家。在五十多年医学教育和临床实践中，林巧稚亲自接生了五万多婴儿，治愈了数千病人，培养了数以百计的专门人才，为我国的妇女儿童事业作出了不可磨灭的贡献。

《独自成千古　悠然寄一丘——国画大师张大千》

张大千是20世纪中国画坛最具传奇色彩的国画大师，无论是绘画、书法、篆刻、诗词无所不通。在艺术界深得敬仰和追捧，艺术家们用真挚的感情，用绘画和雕塑展现了"张大千"多彩的艺术形象。

《建造中国的通天塔——著名数学家华罗庚》

中国当代著名数学家华罗庚，为中国数学的发展作出了无与伦比的贡献，他是中国解析数论、典型群、矩阵几何等多方面研究的创始人与开拓者，也是我国最早将数学理论研究与生产实践紧密结合的科学家。

《问鼎长天　强我国威——两弹元勋邓稼先》

邓稼先是我国著名科学家，参加组织和领导我国核武器的研究、设计工作，从对原子弹、氢弹原理的突破和试验成功及其武器化，到新的核武器的重大原理突破和研制试验，作出了重大贡献。是我国核武器理论研究工作的奠基者之一，被誉为"两弹元勋"。

《敢叫天堑变通途——桥梁专家茅以升》

中国著名的桥梁专家茅以升从小立志为祖国建造桥梁，经过不懈努力，他不仅设计建造了一座座宏伟壮观、坚固实用的道路桥梁，而且搭建了一座座友谊之桥，为祖国建设作出了卓越贡献。

《蘑菇云之梦——核物理学家钱三强》

被誉为"中国原子弹之父"的核物理学家钱三强，更名后立志于科技报国；24岁投师于世界著名核物理学家居里夫妇；与夫人何泽慧合作，发现铀的"三分裂"、"四分裂"现象；统领我国的原子大军，做了大量创造性工作。

《两离桑梓地　满怀雪域情——领导干部的楷模孔繁森》

孔繁森，是一位一尘不染、两袖清风的好干部。两次进藏工作，历时十载，为西藏的建设、发展和稳定作出了突出的贡献。1994年11月，孔繁森不幸以身殉职。人民群众称他为新时期领导干部的楷模。

《摘取数学皇冠上的明珠——著名数学家陈景润》

陈景润是享誉世界的著名数学家，为了证明"哥德巴赫猜想"，他以惊人的毅力在数学领域里艰苦跋涉，终于攻克了世界著名数学难题"哥德巴赫猜想"中的"1＋2"，创造了中国乃至世界数学史上的辉煌。

《学术独步　饮誉四海——享有国际威望的科学家卢嘉锡》

卢嘉锡是一位在国际科学界享有崇高威望的物理化学家、化学教育家和科技组织领导者。1945年，卢嘉锡满怀"科学救国"的热忱回到祖国，对中国原子簇化学的发展起了重要推动作用，他所指导的新技术晶体材料科学研究，也取得了重大成绩。

《德艺双馨　梨园楷模——著名豫剧表演艺术家常香玉》

常香玉1941年赴陕甘演出。1948年在西安创办香玉剧社。1951年为支援抗美援朝，率剧社巡回西北、中南、华南各地演出，以演出收入捐献"香玉剧社号"战斗机一架，素有"爱国艺人"之誉。

《文学大师　激流勇进——著名作家巴金》

本书以巴金生平和主要事迹为线索，回顾和展示现代著名作家巴金的一生，以期让人们看到巴金在这风云变幻的100年中，有过成功的欢欣，有过屈辱的磨难，有过痛苦的忏悔，有过平静的安宁。巴金的人生，映照着一代中国"五四"知识分子坎坷而不平凡的命运。

《壮心系科学　孜孜为国昌——理论化学家唐敖庆》

本书讲述了唐敖庆从出国求学、学业有成、回国任教，到服从安排、艰苦工作、刻苦钻研，最终成为中国量子化学奠基者的过程。让人们看到了这位著名化学家的赤心爱国、严谨治学、大公无私的崇高品格和科研上的卓越成就。

《中国导弹之父——著名科学家钱学森》

当第一颗原子弹升空的时候，当中国的人造卫星奏响《东方红》的时候，当中国运载火箭腾空而起的时候，当中国研制的导弹准确命中目标的时候，人们都会联想起他的名字：中国导弹之父钱学森。

《中国近代力学的奠基人——著名科学家钱伟长》

钱伟长曾以中文和历史两个100分的成绩考入清华大学。九一八事变后，钱伟长毅然放弃了文科的学习而转为理科。他是中国近代力学、应用数学的奠基人之一，在固体力学、流体力学以及航空航天领域，取得了卓越的成就，为新中国的现代化建设付出了毕生的精力。

《中国光学科学的奠基人——著名科学家王大珩》

王大珩是我国著名的科学家，中国光学科学的奠基人。他先在清华就读，后赴英国求学，学业有成，立志科学救国，其成就享誉神州。他以科学的求是精神和赤诚的爱国情怀，探索着中国光学发展的闪光之路。

《从苦孩子到大明星——著名舞蹈家陈爱莲》

陈爱莲出生在上海，1952年从孤儿院考入中央戏剧学院附属舞蹈团学习班，1959年因主演了中国第一部芭蕾舞与中国舞蹈相结合的舞剧《鱼美人》而一举成名。如今，陈爱莲从事舞蹈艺术工作已超过半个世纪，却依然"青春常在，功夫不减"。

丹青书壮志 一生傲骨存
dan qing shu zhuang zhi yi sheng ao gu cun
——著名画家徐悲鸿

中华魂 百部爱国故事丛书
ZHONGHUAHUN